橡溪雜拾

思果著

三民叢刊 53
三民書局印行

序

幾年來我的散文沒有出版人肯出集子了，雖然報刊還來約稿。據過去替我出書的朋友說，散文集沒有銷路，出書的人要賠本。我當然會想到我的讀者很少，也許朋友說的是婉轉語。我在等報刊再不刊發拙稿的一天，到了那時，我就擱筆了。

三民書局這次居然願意出這本集子，我有很多感觸。不過也真歡喜有本書送給幾位朋友，他們是不會看刊了拙文報刊的人。不是供他們欣賞，不過讓他們知道我近年的生活情況，想些什麼而已。

我本不想寫序，但是也不能不應個景兒，寫幾句如上。

思果　壬申寒露

目次

迷之已晚

爲一件事着迷，往往不是計畫了的。細想凡是如此，一定會有許多因素。某人喜歡打麻將，諒必有個環境，有人邀請，譬如三缺一。然後是這個人的性格，他喜歡每一牌的組合無從預知，每一張牌都是新奇機會。就這樣漸漸成了嗜好。有人好酒，是某一次喝酒，得到了陶然的樂趣，漸漸有了癮。沒有這些因素，不會着迷。

我自幼聽先父唱京戲，就學會了一點。我唱得很平常，從來沒有深入。但是嗓子天賦很高。十幾歲做了銀行員，也有同事有這個嗜好，我也偶爾唱一兩段，從沒有專心。後來跟江西名琴師廖大可在一起（他夫人是名伶），也絲毫沒有進一步把戲學好。勝利後在九江，遇到交通銀行魏永熹兄，承他教了我兩齣半戲。他是從小就精於此道的，還能操琴。（他的尊人魏雲千伯是長沙交通銀行經理，名伶如梅蘭芳到了長沙，就住在他家。）卽使如此，我也沒有着迷。後來到了上海，曾參加中國銀行總行國外部的一次演出，我飾法門寺裏的知縣，祇有八句唱詞。彩排的時候，唱得很好，登臺那次，操琴的同事顧到劇中演宋巧姣同事的嗓音不高，我竟唱不出胡琴那麼低，所以成績壞透。從此似乎和國劇絕緣。

二十多年前在香港，有幾個朋友是票友，也拉我參加他們的組織。大家每週聚一次，可是彼此全不高明，以致琴師都發膩，情願教授一點，可是竟沒有人想學。可是某次我在曾后希兄家遇到了程京蓀兄，純屬偶然，他發現我的嗓音好，說了鼓勵的話。我對他久已景仰，他的令尊程君謀是上海最有名的票友，祖父是國學、書法都極高深的人。他不但是數一數二的胡琴聖手，唱也研究到最精細的地步。我從此認眞研究起來。以後每次和他在一起，都向他請敎，提出許多問題，他無不解答。看他、聽他操琴，看他、聽他唱，注意他的口腔、腮的運動。

最可惜的是：我一方面很忙，一方面也上了年紀（已經是將近五十之年），吸收太慢，能學的已經不多。他給我的錄音帶，我也沒有好好去學。可是我對字音不但聽得仔細，還可以查書。他有時候也問我某字該怎麼讀。我的「票齡」很短，戲也不熟，有時有的老票友會對我大發議論，京蓀會告訴他們，他還有時問我字音。不過我總覺得自己這方面很嫩。

說起字音，連最著名的名伶，尖團音都會唸錯，也有根本唸錯的字。兩位大伶人把「休」唸成尖音（就是唸成ㄙㄧㄡ，而不是ㄒㄧㄡ）我說出他們的姓名也不要緊，因爲他們唱得眞好，小錯掩不了他們的光芒。一位是孟小多，一位是裘盛戎。麒麟童（周信芳）把「陸賈」唸成「陸古」，這個「賈」這裏不該唸「古」。梅蘭芳把「克」唸成「濶」似乎也不對。不知道他有甚麼根據。余叔岩是極講究字音的，他把「徇」字唸成「ㄕㄨㄣ」也不對，應該唸「ㄙㄩㄣ」。至於唱倒的字，名伶裏犯這個錯的就更多了，以馬連良爲最。我也不能一一細指。上面提的錯，我都問過京蒸，他支持我所見。

從前名票紅豆館主說，南方人學京戲不容易，南方人是猴兒，要先變成人才行。他的話其實不對。北京人唸ㄓ、ㄔ、ㄕ、ㄖ很行，可是京戲裏有許多尖音（ㄗ、ㄘ、ㄙ），北京人不會分，要請教保定人、蘇州人，甚至廣州人才行。譬如「全」是尖音（ㄘㄩㄢ），北京人唸團音（ㄑㄩㄢ）。「修」、「休」二字北京音一樣，保定、蘇州人唸起來才有分別。一個是「ㄙㄧㄡ」，一個是「ㄒㄧㄡ」。廣州人唸一個是「ㄙㄡ」，一個是「ㄧㄡ」。所以關於字音我不但可以查書，還可以用各地方言來訂正。

我又發見，鬚生和淨唱的音有不同之處。鬚生用的湖廣聲母、韻母多，淨唱用的京音聲母、韻母多。（舊說「中原音、湖廣韻」不正確，已有人指出。）這和師傅傳授有關。還有一字有兩讀的，當然有兩種唱法，到底應該唱那個音，也是各人不同，在不同片段不同。這些祇是現象，講起來各有道理。由此也可見京戲的字音之難，因爲連內行也有弄不清楚的地方。還有傳統。「攙」（ㄔㄢ）伶人習慣總唱（ㄘㄢ）；「睜」（ㄓㄥ，京戲裏一向不用ㄥ，用ㄣ）伶人認爲ㄓ不好聽，總唱（ㄗㄣ）。到底有多少例外，我也不知道。我對字音可以說入了迷。

還有古今音的問題。京戲是歷代師傳口授的，所以保留了些地方方音和古音。「臉」可以唱成「檢」，字典上有，這是古音。《中華大字典》注音是「居奄切，音檢」。也可以唸成「千」。同書又注「千廉切，音籤」。「戰」可以唱成蘇杭的口音（國語沒有這個韻母）。凡此種種，全可以證明紅豆館主的話不對。

我從小就拉一點胡琴，殺鷄殺鴨，我家的人受夠了罪。我也一向認爲自己沒有天分，而實在是拉得太少，也沒有用心。京蓀本來說由我教他太極拳，他教我胡琴。可惜他沒有再提這件事。他的心臟病不治，逝世已經十年，我時時覺得悲傷。不知道他學了拳可否延長壽命。我退休以後，稍稍拉得多些，有了寸進，眞恨不得拉給他一聽，或替他伴奏。不能達到這個目的，不免想到古人碎琴的事。我拉得雖然很差，也很生，可是走的路子極正，師法的也是大家，他是其一。我聽別人的琴也有點鑑別力，這全是京蓀指點的。現在仍然忙許多別的事，不能多練。曾有內行說過，祇要把一段戲拉好，別的會很容易弄通。我覺得他的話對。

不小心墮入這個京戲深淵，難以自拔。這裏頭學問深得很，可以把人精神耗盡。我不知道這個嗜好是利是害。我如果把這番心力用在詩詞上，一定多讀許多佳作。用在別的學問，如史學、哲學、心理學上，也可以多許多知識。而京戲我既做不了內行，如某兩位朋友，可以教授或爲人伴奏；也不能登臺，爲公衆獻技。像我現在自己閉門揣摩這種人，如果拉拉南胡（劉天華那一路）或者粵曲，倒更好些。可是我迷途已遠，回不了頭。祇好勉強自娛。有時把胡琴拉了，錄下音來，供自己練唱之用（他們叫做吊嗓子），也還舒服。

我因爲運動很勤，所以嗓音、氣力都可以。記得名票趙培鑫兄說過，人到了六十歲，就唱不動了。我唱似乎在練氣功，也是運動之一。又聽名琴師任毛毛先生說（他替梅蘭芳拉過），拉胡琴是橫的用力，唱是直的用力；所以拉的人不能唱，唱的人不能拉。兩者互相妨礙。我是粗人，練跑，練俯撐，所以拉了可以再唱，唱了再拉，兩無相干。常常拉了之後又大唱一陣，唱完再拉也可以。這也可見人的健康要靠自己。

我極喜歡梅蘭芳，可是絕不學青衣，也不拉青衣戲。我唱余派，也唱裘派，認爲他們的唱男性十足。佩服言菊朋，卻嫌他的唱法不痛快。佩服程硯秋，卻不喜歡聽他的戲。我常發見人有兩種，非此卽彼。由喜歡某人的戲這一點看來，兩派分得清清楚楚，爭執起來，可以動武，不歡而散。世上再沒有比愛憎更無理可講了；愛就是愛，憎就是憎，一毫勉強不來，我也喜歡譚富英、麒麟童，卻不想學他們。

上面說了許多，全不足爲外人道。有一兩句話有道理，卻是別人說的：胡琴要多拉；學好一段戲，別的會搞通。玩物雖然喪志，也學到一點東西。至少字音方面我得益。消遣娛神，我得的好像很多，恐怕比下棋還好。我獨自唱拉，絕不如跟別人同樂好。在美國找個人下棋，又何嘗容易？我想到連唱給別人聽，機會都少，不禁感慨萬端。京蓀之逝，我尤其悲愴。如果有他指點，我一定不會像現在這樣差勁。以前偏偏太忙，沒有勤學，現在太遲了。他拉的琴有書卷氣，他去世，就難找這種人了。

燭光

燭光，啊，微弱、搖曳的光輝，多美！任何百倍的電燈，彩色的燈罩映出的光，都及不上它。光的微弱，搖曳成了獨有的特色，是燭的靈魂，人心向往的所在。怪不得講究的西餐館，晚上每張桌上要點一支。時髦人說是要有情調，這個時髦，大有道理。

今天工藝發達，人可以享許多古人做夢也想不到的福。汽車還不夠快，可以坐飛機，這不是費長房的縮地術嗎？卽使如此，馬車仍舊迷人。君不見大都市裏都有馬車在市區裏載了遊客慢慢走過鬧區？那點情調絕不是飛駛的汽車能給人享受的。緩慢正是優點。

都市的高樓把人送上半空，可以說是文明的標誌，可是人心裏喜歡的仍然是小樓，茅舍，住在裏面，和自然接近。富有的人整個星期住在大厦裏，週末要下鄉，到一間小屋裏，聽鳥鳴，聞泥土氣味，到溪邊垂釣。人很奇怪，總傾向原始的簡樸，在簡樸中找失去的自己。文明可貴，也可愛，卻多少不合乎人的本性。人要在簡樸中才自在，因爲人生來是沒有修飾、脆弱的。燭光才是人的光。

美國的國家公園大的跨越幾州，有天然景色，極少人工。以美國之富，要造金碧輝煌的庵觀和畫閣雕樑的精舍並不難。不過他們的都市已經摩天大厦林立了，人終日在裏面，日子過厭了。心裏想要的，是回歸自然。所以國家公園不再裝飾，原來甚麼面貌，一仍其舊。這樣，去的人所得才多。

我們不知道，人人都是詩人，宇宙充滿了詩。一支蠟燭就是一首詩。

兒童世界

上了年紀的人再也不能像兒童那樣歡笑。你聽，幾個孩子在遊戲，或者看別人幹甚麼，他們覺得好玩，有趣，會迸出一陣笑來。從心裏發出，音響清脆，像珠在玉盤裏滾，完全是歡喜，沒有摻絲毫雜質，或受抑制。再不能更甜，更可愛了。成人也有笑，甚至笑出淚來，不過總不像兒童的，不是歡樂打了折扣，就是夾了別的情緒。是經多了世故，受多了創傷、挫折，心裏積了憂愁吧。過去的人間苦把所有的快樂都改變了，再不純粹是快樂了。

我看到有諧趣的文章或聽到趣話，也會莞爾一笑，卻絕比不上兒童的那種歡樂泉湧。

兒童的一切都和成人的不同。他們吃一塊糕餅，即使是最粗的麵做的，也不用特別的餡兒，滋味也美不可言。他們吃甚麼、喝甚麼都有味，因爲他們不像成人，沒有給菸、酒、調味品刺激壞味覺，也沒有操心太過，睡眠不佳，所以能充分欣賞飲食的滋味。

再沒有比兒童更覺得下雪好玩。他們做的雪人就是有血有肉的人。下雨也一樣。天井裏的雨積了水成了池塘，這就是眞正的湖泊了。他們用小木片做船，在池塘裏浮着，就是眞船。吹一口氣就是大風，船就開走了。他們在沙灘上用沙堆成堡壘，就是眞堡壘，卽一陣潮水湧來，把堡壘衝沒了，也不能灰他們的心。下一次再造。

漸漸人長大了，成熟了，那個單純、美麗的世界也一同消失。詩漸漸不見，終於沒有。有人保存得多些、久些。代替詩的是冷的智慧。

不要打孩子

中國的家教崇尚嚴厲。先外祖閔可仁公管兒子，兒子讀書不好，就罰跪在烈日下，還要重打。後來先母舅書沒有讀好，人已經受了傷。我多少受了可仁公的影響，對子女威嚴而少體貼，至今想到就悔恨，我再也追不回他們的童年。西方從前也有「小孩不打不成材」（Spare the rod and spoil the child）的說法，有個貴族爲了兒子少禮，一杖打死了他。叔祖教書，也打死過一個學生（他打學生手心，學生手一縮，戒尺落在腦門上）。

我不是研究教育的人，沒有資格說關於體罰的事，不過就觀察所得，認定體罰有害無益。害在傷殘（京劇伶人學藝，訂明打死不能追究，有的伶人學徒時代挨打受傷、終身痛苦），傷身也傷心。不受體罰的兒童，同樣品行端正，學業優良。重要的是勸說和示範。父母本身行爲不正，子女看在眼裏，會覺得他們平日的教訓是空話，行爲是另一回事；結果變成了衊視道德的人。勸說加鼓勵（愛是最大的鼓勵），最有效力。

臺北友人來信，說他的孩子考試不達一百分就要挨打手心，每錯一題打一下，考九十七分要打三下手心。平常測驗錯了，也要打。時常紅腫着手回家。我聽了這話，實在不忍。香港的學校裏也有體罰，有時很嚴厲，我一向反對。不要說兒童，人生來會做錯事；做了認錯改過就是，成人就不用挨打，何以對兒童如此之苛？我特地發出呼籲，請教師不要這樣逼孩子用功，鼓勵的方法很多，不要祇顧「校譽」！

有一種兒童，學習困難，打死也沒用，這種兒童不一定低能，很多給學校趕出來的學生後來在社會上大有成就。

請大家好好愛護柔弱的兒童！

紅葉

我們這個地方，北卡羅來納州，樹是一絕。以夏洛特來說，坐飛機從天空望下來，祇是一大片綠。據說到了樹葉變色的時候，世界上別處的人也來看那幅絢爛的無窮織錦畫。

我寫過關於紅葉的文字，今年忽然又有新的發現，原來樹葉變色不但顏色有千百種，看去幾乎是活劇，而且有光的作用。且說我窗外，日出之後，竟有各色的光從樹葉上反射進來，這是其餘季節絕對沒有的。不用說冬天枯林沒有色彩，卽使在盛夏，綠葉也祇有綠色一種反映，可是現在黃葉最亮，照得我的小房格外光明。此外紅、赭，還有未變色的和常綠的綠，湊起來簡直美得叫人難以相信。

走到附近的幽徑上（現在車子增加了），兩旁的樹木幾乎無風也有聲音。不是聲音，是顏色複雜，似乎各色在喧嚷，要人注意。一眼望去，也不知有多少層，多少堆，多少色。冬天的寒林是一色的枯，除了松柏上綴了綠。夏天是一色綠，綠得叫人透不過氣來。雖然綠窗富有詩意，尤其是綠窗下讀書，滋味無窮。但是這一片色海，株株樹都顯得突出，有了個性，也有了嗓子，你想不看都不行。你祇有放下書來，和每一株樹打交道。

這個時候，散步不會太優閒，周圍有點煩囂。原來是立體的，現在更立體。原來是靜寂的，現在卻有騷動。總之，和平時大不同了。也不完全是顏色作怪，落葉也不斷下雨，在地上滾滾翻翻，是有東西在動，在響。

這熱鬧，要佔不少日子。

霧巷語絮

月球小於地球，在月球上我們的體重祇及在地球上的十分之一，我們的斤兩沒有改。時常環境變了，別人對我們的估價也變了，其實我們的本質一樣。

* * *

人的壽命以年月計，不過若就所思所爲來計算，多少長壽的人沒有活到某些短命人的一半日子——甚至一天。

* * *

未來不可測。人人喜歡預知一切，但是可曾想知道了的後果？唯一確實可知的是人皆有死，若是少年就知道死期，這輩子怎樣度過？

* * *

有些人對人遠比對其他動物更殘忍，對本國人比對外國人更無情。豺狼虎豹並不如此。

* * * *

罪惡從來是不孤單的；人親近了一件，別的必然跟蹤而來。犯罪像打嗎啡針，打了一次就上癮，戒起來比殺頭還痛。

* * * *

人都自私自利，不過自私的目標不同。爲維護自己的尊嚴而犧牲，爲求心安而濟貧，幾乎像實行利他主義了。

* * * *

金錢和時間是人永遠不會嫌多的。不過多了是否有福卻大成問題。有時適足以生非惹禍。

* * * *

文人之死，有利有弊。有人撰文，會忘記死者所短，祇悼念他的所長；也有人誣衊他，他再不能答辯。

* * * *

旅行的一大益處是：客中種種辛苦不便，叫人回家覺得平時住厭了的家挺好。

* * * *

過分追求十全十美的人正是永遠失望的人，這種人永遠孤獨。

* * *

不信任何宗教，甚至反對任何宗教的人，有他的宗教——他自己。

* * *

倚仗暴力的最膽怯。這種人運用了暴力更加膽怯，好像貪財的人發了財更貪財。

掃葉漫想

十年來掃葉成了我每年一定要做的工作。我們這個城市摩天樓祇有數得清的幾座，而樹木則有千千萬萬。寒家院子有一英畝之大，樹有千棵。每年秋末冬初，樹葉紛紛落下，掃葉是件大事。不掃本來不要緊，樹葉腐爛，就是肥料，不過葉子遮住太陽，綠草就會變黃，必須清掉，才能曬得葱蘢。

這件事簡單，雖然也很吃力。一年之中，大約祇需掃五六次。可是你做這件事就會想到人生。最初掃，一面掃，一面葉子下墜，永遠掃不乾淨。我們看到這個現象，不由得不想到，世界上許多事都是如此，一本字典修訂，把新字收進去；可是新字不斷出現，字典還沒有印出來，新字、舊字的新義永遠收不完。新落下的葉子祇有等下次再掃；新出的字祇有等下一次修訂再收。我們改過失，剛改了一個，又有了新的。許多事祇能做到告一段落爲止，新添的下次再說。

樹就是人。春天長出嫩葉，夏天濃綠遮滿庭園，秋天廻光返照，五色繽紛一大陣，最後葉子落盡到冬。正像人從嬰兒成爲大人，壯年創業，老年燕居。各種樹葉落的先後不同，和人衰老早遲不同一樣。大葉櫸的枯葉可以附在枝上幾個月，要等翌年新葉長出來，把它擠掉。有的葉是常綠，大家都知道。我們人不像樹葉，每年經過生死榮枯，不過眼睛也看得到別人的盛衰興替。凡生物都無常。

掃葉的人知道掃不完。祇能顧自掃，不能顧葉落。掃是自己的事；落是自然。我們不能等樹上的葉落光了再動手。掃了，地上自然乾淨一些時，葉子也不會堆積太厚。我不免因此想到修身，曾子說每天自己省察三次，豈不太煩？過失有了又有，不省察一點事也沒有，一省察倒多了。整天陷在罪惡裏的人並不覺得自己不妥；一查點竟有那麼多！省察就是掃葉，明知省不完，省了到底過失少些。

到了末後，樹上葉子已經稀少，一次掃過，可以偷懶好多天。最後一次掃光，眞就沒有事了。這也等於人萎了。乾乾淨淨，甚麼都清除了。明年要掃是明年的事。我們人比樹，一生祇經過一次生死的變化，要費幾十個寒暑才把這個變化經歷完了。啊，如果每年都有一次青春、壯茂、凋殘、枯禿多麼好！經過枯禿再壯茂，又新鮮，又知道珍惜。我們的青春比樹的站得久，可是衰老了就再不能回復盛年。許多樹可以活千年，百齡的人就稱瑞了。（造物的宏恩使人有四季，已經不錯。）

宇宙有偉大的循環。掃下的落葉我們都倒在樹林裏，它自己慢慢腐爛，成了肥料，樹根吸收了再長出新葉。我們人也有看不見的循環。生了兒女，兒女又生兒女，就孳息不絕了。我們把知道的傳給下一代，下一代又繼續傳下去，又是一種循環。善惡也可以種果，往往加倍滋蔓。

秋天葉子要落之前，在枝上搖曳最美。你要有閒空，看它在微風中震顫，不是害怕，不是憂傷，是自在。楓葉的擺動最多姿，有一種細小的葉也別有意態。還有落也落得悠然。不一定那一刻，不一定那一瓣，不停地有葉子掉下來，總不是死板板地垂直，卻舞一陣，翩翩下墜，也不一定落在那裏。再沒有誰能舞得這麼不經意，不落俗套。有如海濤，陣陣湧來，打在岩石上，海邊，捲起一大堆，又落下，沒有一定的形狀，沒有一定的旋律。一陣狂風會吹得葉子紛紛離枝，舞得顛狂；風定了一切又歸平靜。

我林居十年，經歷了好些從來不知道的事，而每年行禮如儀的舊事都像初次經歷一樣，給我新奇的感想。自然原來是最豐饒的。

林趣

許多美的物體，有一見就動人心魄的。美人叫人一見驚爲天人；曲子一聽驚爲天上才有。也有許多美的物體要人慢慢才發現它的優異。就像患難中的朋友，有德性和智慧的妻子。樹林是後一種。

不錯，人會立刻喜歡樹林。不過得到充分的林趣不是一天就可以辦到的。樹林像本書，你得從頭到尾把它讀完。又像房屋，你得在裏面住下去，過完四季，才知道它的好處。就像在中國，朝南的屋，多暖夏涼，得住一年才知道。

小小林子，長滿雜樹，松柏常青，沒有四時；別的樹就和節氣有呼應了。玉蘭最早開花，然後是櫻花，下面接山茱萸、桃花。花開完才長葉，起初嫩芽微有綠色，漸漸大起來。一夜工夫長那麼多，你幾乎天天在注意。這生長的過程了不起，春大踏步走到人間，多悄然撤退，夏已經跟在後面——我腦子裏的印象總覺得春秋最暫，祇有夏和冬停留才久。春秋不過是過渡，一眨眼綠葉把林子充實，風都吹不進來，在南方，就是夏了。

綠很久，好像足足半年，然後葉子變色。這也有先後，先是細小的葉，如桍，最後是大的，如櫟。楓葉最美。整個林子如同時裝表演，爭奇鬥艷，五色繽紛。接着是風林脫葉，脫也有先後，葉子逐日稀少，林外人家漸漸現出，晚間的燈火越來越亮（夏季我們不知道那邊還有遠鄰）。櫟的大葉要等明年生芽才給擠下，地下的葉堆得齊階，走上去淅颯作響，輕軟有如氍毹。最後是光禿的寒林，木落草枯，你看了萬萬想不到春會再臨。一旦下雪，小林粉妝玉琢，完全是另一番氣象。祇有林才顯得烈風的威武。平時的松濤，忽然變成駭浪，呼嘯喧闐。大雨傾盆，也祇有樹最能傳聲。月明之夜，窗子上會現出種種樹影，格外富有幽韻，再沒有比林更透出榮枯的消息來。

還有鳥，冬天也沒有絕跡，春夏更多，枕上就聽到羣鳥的晨禱，晚上聽電視新聞，歸巢的頭陣正唸晚課。蛙喜歡夜鳴，昆蟲四面八方活躍，也有鳴聲，螢火最富幻趣。靜立的林木竟像鬧市。你住在林邊，也會很忙。放翁說，「久向林間得佳趣，不知身外有浮名」，這個「久」字值得玩味。

火車二題

1. 氣勢

論氣勢，火車凌駕一切。

現在有了七四七大航機、航空母艦，比火車大得多，何以我心目中祇有火車一條巨龍，由遠處疾馳而來，尤其在夜裏一盞亮燈，射來強光，那個氣勢，可以排山倒海。電影裏常有火車馳過的鏡頭，就像要衝到觀衆的身上，十分震駭人。

我仔細想過，這條怪獸懾人的原因在於鐵軌。因爲有軌道，所以人可以站在離火車祇有三兩尺的地方，看它迎面馳來，不必讓開。幾十萬噸的大船高速駛來，你能那樣靠近它嗎？七四七飛機着陸那一刻比大船更加快速，那陣風都會把人吹倒。你遠遠望去，這些巨無霸的威風全大打折扣了。

這個短距離關係很大。

2.衰　微

二百年前火車出現，世界上的陸上交通爲之改觀。即使在今天，從紐約坐頭等火車到華盛頓也是一大享受。坐在一張旋轉的大靠背椅上，吃精美的飲食，可以看書，和朋友談天喝酒。乘飛機也比不上，不用說長途汽車了。

可是飛機省人的時間，私人的汽車無遠不屆，可以橫貫美國，乘火車的人漸漸少了。大型貨車比火車的機動性高，連貨運都不能包攬。許多火車公司不能維持，要停業或出售。長途汽車不用軌道，也佔便宜，要闢新線，隨時可以。

任何企業都有失勢的時候。現在無線電傳眞、直通電報通用，電報局幾乎名存實亡。當年莫爾斯（Samuel Finley Morse，1791-1872）發明電報，多偉大的成就啊！

觀天

有本大書，我沒有讀——夜間的天空。

我想原始人常讀這本書，古時航海的人多麼依賴星辰啊！兩千多年前，羅馬哲學家兼詩人盧克萊修（Titus Lucretius Carus, 97?-54, B.C.）就大嘆，天空奇妙無比，人卻不予一顧。我幼年有時走過黑暗的荒野，不免擡頭看天。現代都市夜間燈光明亮，連星也看不見了。

古人以爲每人有顆星，大人物當然是巨星。世上有幾十億人，肉眼所見的星，萬分之一都沒有，到哪裏找到自己的那一顆呢？天文學書上說，整個天空，一共有八十八個星座，每座我們肉眼能看見的祇有一等到五等光度的大星，鄉下比城裏的人看到的多些，總數八千四百；天文臺卻可以看到近乎二十五萬九千。西方繼承埃及、巴比倫、亞述人、迦勒底人之後也有占星學。最近美國總統雷根在任內聽他太太的支配，幹甚麼都由一位女占星家替他揀吉日，和中國人倒很像。我碰到一個美國人，喜歡看星，他居然認爲中國的星相家作興很有道理。

說起天上的星來，雖然距離遠得要用光年來計算，祇要沒有陰雲遮滿上空，肉眼總可以看見，比地球上另一條街的人更在眼前。怪不得人對星生出許多幻想，把世上的事，人的生死，和星辰聯繫起來。隕石當流星，引起人的憂慮，實在不算稀奇。這時如果有位大將或皇帝死了，自然有人認爲這顆星就是這個人。單是各個星座的名稱，就夠引人入迷了。西人眼中有獵戶、大熊、小熊、天貓、巨蟹、長蛇、獅子、金牛、白羊、飛馬、狐狸等等，我們眼裏則有參、商、北斗、軒轅、青邱、五帝座、天狗、老人等等。各民族看星，各有幅幅不同組合成的圖畫、不同的名稱，全是最早的人派定了流傳下來的。現在中國天文學家採用西文的漢譯很有道理，因爲中文的天文圖和西方的不大能配合，我們古人的觀測不精，對照不起來，國故派祇得讓步。

我們如果有一架看天文的望遠鏡，就可以見到很多奇景。就如恆星裏有一種「變星」(variable stars)——亮度會有變化，要經常觀察，才覺察得出來。

有一件事可以一提。我們如果在夜間坐下來看星，會發現星總在移動，雖然很慢；要很久才能覺得。我們看到的星不是個別移動，而是整個天空的星互相保持固定的位置同時動。

現在我們知道是地球在轉動，星是恆久不移的。中國一向以爲星和日月都在動（「物換星移」這句話可見）。說日月動倒也罷了，說滿天星好像一幅銀幕一樣，同時移動，就太缺少理性了。一定要等到哥白尼出來才悟出這個道理來，實在太遲。不過今天人能飛上天，地動的學說，不必借助天文學也可以知道。飛機往西飛和往東飛，飛行時間的差別就是證明了，地還會是不動的嗎？

日、月的奥秘現代人知道的更多了，人已經上過了月球，毁去了神話和詩，進一步要搜索太陽系的各大行星。不過遠處的星那裏去得了？所以天空總是神秘有趣的。千萬粒粒粲然閃爍的星都像在低語，密商，示惠，替我們出主意，做我們的伴，且願我們，晚晚如此，永遠不變。我們不費分文，參與造化的工程，和宇宙一同呼吸。買一架普通的望遠鏡都可以擴大視域，多知道許多天書的內容。然後再想一想，地球多麼眇小，自己多麼眇小，一切虛妄也就無影無蹤了。

不值一杯水

陸放翁有句詩：「著書不值一杯水」，還有兩句：「著書雖如山，身不一錢值」，寫盡文人所處的景況。他有時也很缺錢，冬天要燒柴才能暖，有時候連酒都喝不起。今天文學家雖然有稿費收入，但是所得比起別的利厚的行業來，仍然有杯水車薪之慨。

不過無論如何，今天還有報刊收純文藝的稿，詩人、散文家，尤其是小說家，都可以有進項；有的作家受讀者歡迎，出一本暢銷書，也能置房地產、買汽車。可憐陸游寫了上萬首詩，恐怕分文都沒有拿到，才有一文不值之嘆。從前的文人，如韓愈，祇有一條生財之道，就是替人寫墓誌銘，把死者恭維一頓，死者的子孫會送他黃金。可是也要有韓愈那麼大的名氣才有人請，不是凡動動筆桿的人都有生意的。這件事也不簡單，你得不管死者是甚麼樣的人，都把他恭維一頓。這是「牌理」，生意的「行規」。有時候，你得違背良心。大作家如明末的顧亭林，窮死了也不肯妄寫；他要顧氣節。韓愈到底說了多少違心之論，也沒有人調查過，不過他寫諛墓的文章是大家都知道的。所以顧亭林在他給人的信裏說：「韓文公（愈）文起八代之衰，若但（祇）作〈原道〉、〈原毀〉、〈爭臣論〉、〈平淮西碑〉、〈張中丞傳後序〉諸篇，而一切銘狀（墓誌銘）概爲謝絕，則誠近代之泰山北斗矣，今猶未敢許（佩服）也。此非僕之言，當日劉義已譏之矣。」他的《日知錄》裏有一篇〈誌狀不可妄作〉，裏面提到因爲志狀「傳之後人，爲史之本」。又有一篇〈作文潤筆〉裏面說到「文人受賕（賄賂），豈獨韓退之（愈）之諛墓金哉！」簡直不客氣了。文裏面說，唐朝有個韋貫之，有人拿了一萬縑（細的絹）請他替先人寫銘，他說：「吾寧餓死，豈能爲是（這種事）！」顧亭林說：「今之賣文爲活者，可以愧矣。」

我們今天如果寫的是心裏的眞話，拿了稿費也用不着慚愧。祇有替別人說話，或者爲了討好誰而寫，情形才大不相同。文人可以說不值一文，而文人的尊嚴卻絕不是金錢代表得了。我們讀陸游的詩，千載下敬仰他的爲人，他豈祇值萬金！顧炎武的品格、學術著作的價值，又那裏是一杯水？

附記：

文裏提到的劉義很有意思，他投在韓愈門下，取了韓愈的幾斤金子走了，說：「這是恭維墓裏的人得來的，不如送給劉君祝壽還好些。」韓愈無法攔他。

夫妻是什麼官?

每每見到報上說某男是某女的第幾任丈夫，最近又看見文章裏說某女是某男的第幾任太太。夫妻是官嗎?我知道一個人做官，就走馬上「任」，某人是美國第幾「任」總統，某人是卸「任」的大法官。可是男女成爲夫婦，也在洞房上「任」嗎?離了婚，也卸了「任」嗎?如果是這樣，第一、第二以至第十都是「任」了。

就拿「任」當職務吧。敎員、會計、書記，也有任，有前任、後任，開始擔任，繼續擔任。夫妻也有任嗎?中國的男子，娶個妻子來主中饋，他就有飯吃了;丈夫出外賺錢，回來養家，這樣說來，就都是職務了。不過很多太太已經不做飯，有的丈夫也會失業，難道是「卸任」了?

這個第幾任甚麼的，眞叫我糊塗。

還有個詞是「分享」。現在的人喜歡說，「讓我分享你的經驗」，我也有點疑惑。這個經歷作興是得到宗教信仰，很快樂，倒也不錯。可是也作興是受了別人侮辱，這怎麼享法呢？我們有句話，「有福同享，有罪同受」，可見福才能享，痛苦不能，都怪那個英文字share 不好——這個字的意思是跟別人分取食物、財產、分任工作等等，享福、受罪全可以。別人有痛苦，你並不享受，你怎麼分享呢？

現在有些中國人寫中文，往往不多思想，怎麼方便怎麼用，不管字的意思。還有就是愛怎麼讀，就怎麼讀，管它字音對不對呢？愛怎麼寫，就怎麼寫，寫錯了又有甚麼要緊？這樣下去，將來就混亂得一塌糊塗了。文字有固定的意思，固定的寫法，固定的讀音，是大家的福氣。

多少是一半？

「行百里者半九十」這句話極有價值，叫人知道，完成一件事末後那一段最艱難，要有大毅力才能完成。

不過這句話也有毛病，就是意志不堅強的聽了，索性不去苦幹了。我自己做辛苦的運動，時常說相反的話。譬如，我練俯撐，打算撐一百二十下，做了十下，已經完成十二分之一。再做十下，就完成了六分之一。這樣下去，完成的不斷增加，到最後祇剩十二分之一，一百二十分之一，終於完成！做得越多，精神上負擔越輕。練跑也一樣，打算跑四千碼，越跑越快跑完，不能說跑完三千六百碼才跑了一半。

我以爲要做一件事，要盡快就做，別管它許多。如果遷延，等一輩子也會沒有動手。做也就做下去了。譬如要種樹，馬上去買種子或樹秧，買來就種，它自然會往上長。如果等有空再說，也許永遠沒有一天有空。要學一樣本領，馬上就學；學得不對，立刻糾正。日子一久，也就會了，漸漸更加精通。如果老不動手，一輩子不會。當然計畫很重要，不過祇有計畫，永不去執行，任何計畫都是空的。沒有計畫就動手，成就不大，總有點成就。而且也可以一面做，一面修改，務求合宜。

行百里，開始是一步，這一步很重要。沒有這一步，沒有百里。至於走得完，走不完，不必去管。走下去就是。那最後十里果然辛苦異常，也許眞抵得起初的九十里。可是我走過一百里，我的經驗並不如此。走了九十里的人，再走一二十里，分別有限。九十里已經很累了，不能走的走不了，能走的還可以走。

同情學校

英國散文家盧克斯寫過一篇文章，題目是〈同情學校〉（The School for Sympathy）。文章裏他說，他早聽到比姆小姐學校的大名，就去參觀了一次。他看到的情形很特別，有個學生要人攙了走，好像瞎了，還有個學生夾了T字杖，在窗口看別人走動，好像她是跛子。他問比姆小姐甚麼原因，比姆小姐笑道，這些孩子既不瞎，也不跛。她們給學校派了某一天要做瞎子，某一天要做跛子。這樣才能知道瞎子和跛子受些甚麼苦，將來長大成人，才會同情這些不幸的人。還有人派了要做一天啞子。

盧克斯跟一個派定做一天瞎子的學生談了。她眼睛上綁了綳帶，盧克斯問她揭不揭開來偷偷看一下，她說不，說這樣就不老實了。幾種不便之中，做瞎子最苦，她說她將來照應瞎子，會特別小心。盧克斯大爲感動，走的時候，吟詩兩句：

不親自嘗他們的悲楚，
我豈能知道他人的苦？
唉，不，永遠辦不到，
永遠，永遠辦不到。

這個教育的方法好極了。世界上如果多些這種教育，人類一定幸福得多。古時的開國之君都是民間出身，知道老百姓的痛苦。他們的兒孫養在深宮，不愁衣食。賢如唐太宗，太子承乾管不好，衹有廢掉他。太子做了庶人，後來仍舊有罪，要再徙往黔州，不久就死了。如果皇子都到民間，做一陣庶人，他們就知道一般人生活是甚麼情形，會同情人民了。

英國十九世紀小說家狄更斯小時候家裏窮，他父親欠債還不出，坐過監牢。他小時做學徒，很苦。後來他成了作家，暴露社會上許多弊端，對英國改良監獄等等情事，功勞很大。中國的監獄是可怕極了的，不關進去不知道獄卒的兇惡。最好把高官本人派去，嘗嘗滋味。唐朝寫詩替人民喊寃的，杜甫領先，白居易繼之在後。這兩位詩人都是過了苦日子的人。杜甫身當安史之亂，吃盡了苦，所以寫時代的苦難，入木三分，人讀了他的詩如同身受。「朝扣富兒門，暮隨肥馬塵」，「飢餓動卽向一旬，敝衣何啻聯百結」是他本人。白居易趕上

「時難年荒世業空」的時代，從小就流徙四方，所以才能寫民間的疾苦，切實逼眞。他做忠州刺史，因爲當地偏僻，當時賦役繁重，於是整頓行政，省刑罰，薄稅斂，獎勵生產，後來在杭州又修西湖的水利，興利除弊，有益民生。他們是實地受了同情教育的人。

有一種同情沒有學校進。聰明人不知道腦筋鈍的人可憐；力氣大的不知道沒氣力的人不濟；體格強的不知道病人的痛苦。恐怕強的衹覺弱的可笑而已。這都無關緊要，強的讓他們逞強好了。世上有些殺人魔王，怎樣去教育他們呢？有甚麼同情學校給希特勒、史達林、毛澤東、鄧小平去進？

去年北京的軍隊不肯殺示威的學生是人類的希望。違背良心的命令他們不服從。他們不做魔王的鷹犬。是甚麼同情學校教育他們的？

攻心新術

——變相的廣告

幾乎每一家航空公司都發行一份月刊，放在每個乘客座前椅背的口袋裏，而且還請你帶回去。這眞是再大方、再殷勤也沒有的了。

這種月刊印刷精美，用上等紙，某航空公司的每期總刊出幾篇各著名刊物的文章。乘客旅途無聊，正好拿來看看消遣。

講句公道話，這種刊物每期也有佳作，值得一讀。不過我打開來看過，很不舒服。第一是廣告太多，大都是旅館、餐館、旅行社等等刊登的。多得你無法安心看一篇文章。你連找到一篇文章都難。首先，你找到目錄的一頁已經看了若干頁顯著的廣告。等你找到目錄那一頁按某篇你想看的文章頁數去找，又得費不少事。這是怎麼一回事呢？譬如說：〈論小偷〉一文你覺得一定有意思，目錄上說在第四十頁，你翻了幾次看見才三十八頁，下面是四十五頁，這是甚麼原因？原來這兩頁當中全是廣告，刊了文章在上面的還夾在廣告當中，廣告的頁上並沒有印頁碼。你得一頁一頁找才找得到那第四十頁。這樣找法，幾乎所有的廣告你都非看不可了。

這篇文章由第四十頁開始，可是一兩頁之後，就下接第九十八頁了。你找到第九十八頁，又先得看好多廣告。還是老樣子，你找不到第九十八頁。這一頁不一定在九十七頁之下，第九十九頁之上。好多沒有標明頁數的不相干的廣告夾在當中，你逐頁去找吧。

我做過一件不怕辛苦的事，把所有的廣告撕掉，然後再讀。這件事不簡單，有的是兩面都刊廣告，一撕就行。可是有的另一面還有文章，你得保留。有的三分之一是文章，三分之二是廣告，你可以剪去那三分之二。不過慢着，有的反面也是一樣，可以剪，有的反面那三分之二有一半印的是文章，不能全剪。你要剪祇能剪這面三分之二的一半。爲這件事你要操心，而且這一剪，你已經把廣告看了，登廣告的人目的已達，你剪吧。

不要小看這種寒傖登廣告的。登三分之二或三分之一頁，或半頁廣告，收效作興比整頁還大，因爲讀文章的人連那廣告都讀了。

我把一本月刊上的廣告全弄掉，祇剩下薄薄一本可以讀的雜誌，心裏十分舒暢。不過寶貴的時間已經花去了十幾分鐘，讀的興致已經打了折扣。而且剪下的大堆廣告把字紙簍都塞滿了，還得去倒。倒了字紙簍，更不想看雜誌了。

再看雜誌，除了三兩篇可看，其餘全是變相的廣告，譬如這家航空公司飛那些航線，他們的刊物上每期都介紹那些航線上的名勝、旅館、餐廳。說句公道話，這些文章都寫得不錯，而且圖片精美，看得人非去觀光不可。你怎麼去呢？乘他們的飛機。那些旅館建築華麗，風景優美，服務第一流。餐廳則名厨主理、佈置精雅，情調超過尋常，看得你口角流涎，神不守舍。此外還有出租汽車公司，供應你豪華名車。祇有聖方濟和德肪撒修女看了不會動心，要不然阮囊羞澀，想去沒有銀錢可花，心裏也不舒服。

你一想到航空公司在做廣告，想看文章和欣賞圖片的心情就冷了。當然可以用閱讀代替快遊，我們也的確看古人的遊記以廣見識的。不過人家做廣告，你先已經存了防禦的心，怕說的話不實在，看起來反應就不同了。卽使是介紹某地藝術博物館的，你一想到是航空公司騙（這個字不太好，我一時也想不到別的字）你出錢乘他們的飛機，也就不很欣賞了。「就是去也不坐你們的飛機！」你有了反抗廣告的心，再想到他們的廣告手法巧妙，好像埋了地雷，等你不小心踩上去，你不覺勃然大怒，「當我是傻蛋嚜，可惡透了！」

古語：「君子可以欺以其方」，這種打動人出遊的絕招並不違法，你看了動心，是你自己軟弱。再說登廣告的人也出了錢的。

順便說一句，各期刊選用別人的文章，不須出錢，因爲第一，這是非賣品；第二，分派出去數量有限，不會影響原刊的銷路，我編過香港工業總會的季刊，向各大刊物要稿轉載，分文不出，人家總肯答應。航空公司雖然花大錢印製，也用了編輯、經理、助理編輯、編輯助理、藝術編輯、各地廣告經理，總有幾十人，羊毛出在羊身上，自有廣告客戶代爲支付薪水。航空公司是否有利我不知道，不過本身大收廣告之益，是不消說的。

現代廣告術的高明，叫人佩服，也更加要小心「扒手」，因爲有股力量要把你的積蓄掏光，而且出乎你自願，誰也不負責任。

最近我去看牙醫，他硬說我原有的假牙不好（不銹鋼所製，怎麼會壞？）要重做一副，我也依了。結果他做的更壞，一次一次修正，末了還是我自己磨了，才勉強能用。這且不提。臨了他送我一包洗假牙藥片，附有保用假牙方法的小頁。送禮給我，我當然歡迎，明知道這是樣品，商家的廣告。我奇怪的是何以牙醫肯替商人效勞，因爲分派藥片也是件工作。美國無人不忙，誰也不替別人免勞出力。

等我把小頁一看，才恍然大悟。因爲裏面叫人要經常請牙醫檢查，又說假牙不可自己胡搞，有何不妥要請牙醫矯正云云。此刻我懂了，牙醫替廠商分派樣品，廠商替牙醫做廣告，說得好聽是互相幫忙，說得不好聽是彼此利用。（小頁裏有句話是不含廣告作用的：假牙不用的時候，尤其是另外一副備用的，要用有水分的東西包裹，因爲乾燥的空氣會改變它的形狀。我順便告訴有假牙的讀者。）

整個世界是給廣告統治的。現代的廣告術已經做到攻心的地步，佈下天羅地網，誰也逃不出它的掌握。報上也時時暴露廣告欺人的事。世界越文明，廣告越囂張。

今天再沒有人可以「北窗下臥，遇涼風暫至，自謂是羲皇上人」了。今天的世界是四面八方的人給你好處，其實是要你出錢。

廣告世界

我挨內子罵最多的是，每次我恨電視廣告，她就會提醒我，是映廣告的人出了錢，我才有電視看的。她爲人最忠厚，最能容忍，我則性子壞，要罵人。她會說，「你還是信奉耶穌的人呢！」女兒則另有看法，她說電視有廣告，正好去倒杯茶喝，起身走幾步。

我看雜誌，收到的時候，先把廣告撕光，有時撕得太多，要費神、費時間把有內容的再貼回來。爲了恨廣告，有幾樣登得最多的，我發誓不買那件商品。「你打擾我，我也不讓你做到生意！」電視裏的廣告唯一我可以寬容的是化妝品如香水的，因爲那些女子眞美，畫面也美，說話的聲音很柔和。最可惡的是賣舊汽車的，說話很急促，又吵人，根本沒有畫。另一種可憎的廣告是推銷人壽保險的，都是男明星出面，說如何不須檢查體格，每月出的錢如何少，賠款如何多。據美國電視公司調查，這是騙局，很多人付了保費，生病或死亡並沒有得到賠款。我想到這些明星幫奸商騙人上當，連他們也恨。

最可惡是一到廣告，電視的聲音就響一倍。你要關掉，等一下要看的節目又錯過一些了。內子忠厚，她說，「人家出了錢的，」意思是聲音當然大些。

晚上的黃金時刻廣告貴，映的商家少些，其餘時間便宜，往往節目映不到二三分鐘，廣告倒有六七分鐘。你可以花一小時，祇看到二十分鐘電視。

還有廣告的重複和千篇一律。「我不是醫生……」這個廣告你每天作興要看到聽到幾十次，一星期上百次，一年上千次。有的藥不能吃，如安眠藥，止痛丸，偏偏有人勸你吃。美國新聞界有位有名人物，克隆凱，人家要他做廣告，送他一所房屋；他拒絕了。他眞是君子！不少廣告是騙局，叫人上當。可是做的人祇要有錢，也不去查究它是否害人。

有一本雜誌我簡直不能看。每一篇文章割得七零八落，當中全是廣告。你看目錄，想讀某篇文章，註明在某頁，這個某頁你翻了半天也找不到，因爲廣告上沒有頁碼，而這一頁前後全是廣告。這也是叫你看廣告的妙法，因爲你找某頁，無意之中看了很多廣告。所以你無法不喜歡一本書，一路看下去，一頁廣告也沒有。

有種人很有福，他喜歡看廣告，好知道有甚麼東西可以買。他也不怕吵。

四十年前香港的電車，公共汽車上乾乾淨淨。不知從那一天起，這些公司找到了財源，車上登起廣告來了。於是搭車的人都被迫要讀那些文字，看那些圖畫了。車資是照付。

最犯罪的是香煙廣告，壯漢一名，就是美國牧牛的漢子，騎在駿馬上，點起某牌子的一枝香煙，神態悠然。叫人以爲他那樣筋粗肉壯，是抽了煙才有的。殊不知抽煙的害處大極、多極了，怎麼可以受他的騙？現在祇差沒有妓女和毒品映出廣告來。美國現在已經准律師登廣告了，醫生也可以。以往固然爲法律所不許，律師、醫生也不肯降低自己的身分來做這種招徠主顧的事。你來就來，不來算了。現在正有人要政府立法，禁止煙酒廣告，能否成功還不知道，煙酒兩業自然竭力反對，他們會遊說議員，使法律立不成。他們有的是錢。人怎麼樣能不受廣告的騙，已經和有衞生的常識同樣重要了。

現在的世界幾乎是廣告的世界。早些時一位傑出的新聞界人物評論競選的可怕。他說要做總統候選人，得每天工作十八至二十小時，要負債，家裏人個個要受最嚴格的檢查，要和多少萬人握手。這裏面有些是爲了，照我看，做廣告。你要人投你的票，就要讓人人知道你最強。有人勸汽車業最著名的人物艾科卡（那位把佳士拿汽車公司從滅亡邊緣挽救回來，又使它興旺的奇才）競選總統，因爲他替汽車公司上電視做廣告，已經是家喻戶曉的人物了。還有一位上電視做廣告的東方航空公司總裁，前太空人佛蘭克・波門，大家也認爲他可以競選總統。我上面提到的新聞界名人克隆凱，主持哥倫比亞廣播公司的新聞節目多年，一直受人愛戴，大家也認爲他該做總統。此老並沒有這個意願；他如果出馬，很有獲得選票的能力。

演員出身的雷根已經做了總統。他的廣告已經做了幾十年了。

不久以前，一位有些名氣的專欄作家發過一點牢騷。他的文章寫得很有工夫，書也讀得多，專欄在若干報上刊載，有本字典請他做顧問，也有人出幾百塊錢請他演講，即使如此，他的書不是暢銷書。他不是大名人。他說，別人請季辛吉演講，出他兩萬塊錢，季辛吉有甚麼了不起的話可講呢？另一位電臺新聞節目主持人，每次演講費是七千。這種人不問他講甚麼，單憑他每天坐在那裏講新聞，廣告已經做夠了，專欄作家萬比不上。山底下埋了鑽石、水晶，海底深藏了珊瑚，不曝露出來和廢物一樣。現代的做法是揭開來，磨鑿成花樣，配好框子，再用鑽子鑽進衆人的腦子裏。

可想而知，今天的日子不很好過。要賣自己的貨色，必須做宣傳，不但商品如此，擔任公職也是如此。當年的文人祇有上萬言書，如王安石。若在今日，王安石那副相貌《宋史》上說他「性不好華腴，自奉至儉，或衣垢不澣，面垢不洗」），恐怕見不得民衆，更不用說見外國的元首了。有人打電話上門推銷商品，你走路、乘車、吃飯，無時無刻沒有人不叫你注意他的「消息」。

廣告上到天空，有氫氣球從你頭上飛過，叫你買車胎甚麼的，下到地下鐵道；晚上霓虹燈亮起來，還有轉動或一熄一亮的種種燈光，灌輸產品的名目和功能。加上電視、廣播、報刊，差不多把你全包圍了，裹住了。你想安寧，恐怕祇有躲到錫金去。

現代的總統都有專家替他設計頭髮該在頭頂那一處分界，該在甚麼時候舉行記者招待會，怎樣說話，說甚麼話。他治事的能力似乎倒不要緊。民意測驗和商品的行市上落一樣重要。不知從那一天起，世上有了所謂公共關係這一行。不管你幹甚麼，都要聽他們擺佈。以前同仁堂賣膏丹丸散，是行銷多年做出來的牌子，現在最暢銷的汽車，也還在天天做廣告。我不由得不想到這筆廣告費，是消費的人負擔的。

話說回來，我們今天看若干比較可看節目，也多虧各電視臺爲了爭取廣告，才用盡心血，求其精彩的結果。電視臺如果沒有廣告收入，節目製作馬虎，是一定的。公共電臺不映廣告，每年要呼籲各方捐款。在美國也眞有人肯捐。這樣說來，給廣告騷擾也是理所當然的了。

我常想有一天請專人把我要看的新聞剪貼下來，這樣可以省我的時間不少。報紙許多版往往祇有邊上有一條印着新聞，其餘大幅是廣告。至於電視節目，也可以錄影，删去廣告。不過要別人做這種事也太過分了。爲了這件事我得先做別的苦工，才雇得起一位秘書。

丁卯小滿

怎樣才算有？

英國詩人兼批評家阿伯克隆畢（Lascelles Abercrombie, 1881-1938）在中國似乎少有人提，在英國他可很有地位。他主張讀莎士比亞的作品要當它是藝術作品，有整套的理論。他說，要等有人體會，才有作品（他的話：作品才存在），這句話多精警！作家寫了幾百萬字，沒有人讀，讀了也不全懂，或者不明白作者的用意所在，那裏還有作品呢？一曲交響曲，給不能欣賞的人去聽，祇是刺耳的雜音而已。一杯龍井茶給喝慣加糖奶茶的人喝，祇皺眉頭，說苦。名書家的一張小柬給不懂書法的人看，祇不過是亂塗的老鴉罷了。所以我們也可以說，字畫不得人欣賞，名曲沒有人懂得聽，都等於沒有。王羲之有一次在甚麼地方題字，給人刮掉，眞正的沒有了。

韓信在項羽手下，項羽不知道用他。到了劉邦那裏，虧得蕭何推薦，才和他面談，發見他的將才。若不是蕭何，劉邦也不會重用他。魏徵本來做了道士，隋末，有人把他薦給李密，李密雖然看重魏徵的見識，魏徵上十策，他都不聽從。後來又出主意，李密手下人說這是「老生之常談耳，」他就走了。

他後來跟李密投降李淵，太子建成很看重他，他勸建成除掉太宗（那時祇是秦王）建成也沒有聽他的話。終於建成失敗身死，太宗派人請魏徵，說，「你離間我兄弟，爲甚麼？」魏徵說，「皇太子要是聽我的話，一定沒有今天的禍。」太宗量大，不計較，反用重用他，他也竭盡忠悃。唐朝有天下，當然是太宗文武全才，也有許多將相協力同心，不過魏徵的功勞數一數二。

我看歷史上無數有魏徵才具的，因爲沒有人賞識，老死櫪下，或者慘死。隨便舉項羽手下的范增，三國袁紹手下的田豐，就是例子。有修養的固然還可以優遊林下，或者著述、講學、吟詠自娛，不過救國安民就沒有他們的分了。沒有明君，國家有人才等於沒有。宋、明的滅亡，那裏是中國沒有人？文武都有，不是給奸臣害死，就是給佞人排斥。說中國無人也沒有不可以。

唐太宗是古來少有的英主，他對魏徵說的話正好作上文的註腳：「公獨不見金之在鑛也，何足貴哉？良治（鎔鑄的工匠）鍛而爲器，便爲人所寶（下略）。」人才像鑛金，有甚麼用？要把它鑄成器，才有人當它寶貝。人有才有甚麼用？要有人肯借重他，他才能發揮所長。

世界的大小也是人人不同。以往中國人以爲天圓地方，天地就是那樣的了。中國以外，是東夷西戎，南蠻北狄，沒有歐洲，更沒有非洲。即使歐洲人長於航海，過去他們知道的非洲也是不甚明確，非洲的地圖是地理學家在書房裏畫出來的。到了一千六百到一千七百八十八年，才有人去西非探險。其後到一千八百二十年才成立非洲協會，有黑人的問題。以後發見的地方越來越多，終於眞正認識了非洲。以前住在山區終生不跟外界接觸的人，世界就是他們的村莊和周圍步行得到的地方。今天的人看電視新聞，到處可以見到。甚至從太空船拍回的照片和影片，可以見到太空，登陸月球，這些景象早就有了，人一直不知道罷了；就人來說，以前等於沒有。我們不得不感激許多探險家、科學家，給我們擴大了宇宙。

文明人有許多寶藏，後世享用不盡。可是要享用也不容易。有些科學的成就當然比較容易坐享；祇要有錢，就能買汽車、冰箱、住舒服美觀的房屋。也有很不容易享用的。單就文學著作來講，不識字的永遠站在門外。就連通俗小說也看不懂，不用說詩詞了。三墳五典，諸子百家，有幾多個人是讀了的？不用秦始皇焚燒，這些書也沒有保存。四庫全書的書就一般人來說，並不存在。卽使西方基督敎國家的《聖經》，也不是人人從頭到尾好好讀了的。愛因斯坦提出了相對論，據說除了他自己，祇有兩個人能說懂得這個理論。對不起，讀者，你和我兩個人的宇宙裏，都沒有相對論。作家碰到別人稱讚他的詩文妙處，講出了他用心的細微，感激歡喜，自有原因。

最近死了一位名提琴家，別人發見，他有一具提琴，價值連城，他出極少的錢或者很方便就弄到了手。道德方面他有沒有罪，我不去提，好琴給他拉，再好也沒有了。到了拙手上，和最劣的琴一樣，等於沒有。

中國有了地位的人死後要把寶物殉葬，寶物從此就沒有了。名家書畫藏在地庫、銀行保險箱裏，終年不見天日，也等於沒有。祇有給識貨的看了才是藝術精品。啊，那一看產生了多寶貴的東西！我說過北卡羅來納州的天藍得可愛，這個藍有幾個人欣賞？大家都忙，等到一天忙完，天已經黑了。叫我大興天藍何足貴之感。

如果照阿伯克隆畢的說法，錢不花掉不也等於沒有嗎？有善用錢的，極少的錢可以作大用。有個乞丐死後別人發見他藏金無數。他雖然富有，眞正是個乞丐，他沒有錢。畫捐給美術館，錢捐給慈善機關，畫也存在，錢也存在。失戀的人等於死亡——怪不得有人要自盡，不是他厭世，是沒有人，自己心愛的人，愛自己，自己這個人已經沒有了。自殺不自殺一樣。「得一知己可以無恨」有新的解釋：我沒有知己，有我這個人跟沒有我這個人是一樣的。知己是我的存在。連雲的甲第沒有那麼多錢維持，不多久就頹圮，怪不得濶人一死，這種大廈不是給子孫賣掉，就是捐給國家。沒有讀者，還有作家嗎？作家可以說，他不在乎，他寫了自己欣賞；曲高和寡，他可以得意。不過卽使祇有幾個讀者也是好的。那幾個就成了他存在的條件。也怪不得有人要把詩文寄給另外一個人去看。也難怪有人要唱一支曲子給某人聽。這一聽他的藝術才不虛無。

世上一切的有都會是無，要另一個人覺察這個有才作數。多懸！

人命

《通鑑》記黃巢之亂，西州黃頭軍使郭琪喝了行在都指揮處置使的毒酒，回家殺了一個婢女，吮她的血解毒，吐黑汁數升。史家記這件事，輕輕一筆帶過。我讀到這裏，覺得那個婢女眞可憐。往日殺一個人，如奴婢，或妻子，如果是供軍士吃的，完全不算一回事，被殺的人是否可憐，也沒有人去過問。現代有所謂寃獄賠償，實在設想太週到了。

古代殺妾饗士，殺妻待客的事，史書上常常讀到。史家提起，從無譴責的口氣，可見這種殺人，不算得甚麼。至於殺死奴僕更不值得大驚小怪，以顧炎武的學識爲人，有個世僕陸恩，叛投姓葉的人家，受這家的人嗾使，要告他和魯王、唐王溝通，被他捉住，投下海去。這個僕人不義，也許該受懲處，不過亭林先生把他處死，也斷乎不合。史家對這件事毫無微詞；衹說錢謙益要亭林做他的門下，肯替他出力疏解（因爲姓葉的花了千金賄賂太守，要殺他，當時稱這種殺爲「非法」），他不願意損自己的節操，發表文章聲明（因爲有人替他向錢謙益求救，私下寫了他的名刺給錢，他索回名刺）。在這種緊急關頭，他還顧到名節，眞了不起！不過他殺人是非法的，人命關天。

人類最了不起的地方是有法律，動物界弱肉強食，是不成文法。最初人也是弱肉強食，後來漸漸進化，肯保障弱小，把強壯的人管住，婦孺才能過平安日子。我們看到的是法律時時被人推翻，一到亂世，殺戒大開，有刀槍力氣的就逞強。男人被奴役、殺戮，婦女供人姦淫，時常河流給屍首塡滿，街上血流成川，城市成了廢墟，野獸走進城市。至於威逼利誘，借刀殺人，或者迫良爲娼，平時也有眼可見。法律雖有，也管不了許多。沒有一個人不喜歡玩法，程度不同而已。聖賢叫人愛人如己，幾千年來成績算不錯的了，可惜並不是人人都肯實行。到了和自身利益有關，或者法律管制鬆懈（如遇到警員罷工或發生戰爭）的時候，有些人就和禽獸一樣了。中國號稱禮義之邦，歷史上仍然有不拿人當人的記載，史家且無一語貶斥，叫我驚詫。

作客

清朝有個王端履，寫過《重論文齋筆錄》，是筆記之類的書，很可一看。裏面記一位老境貧困的文人韓仙霞，和同領乾隆鄉薦的陸文恭是好友，他每次到京城，總住旅店，在陸家吃飯。陸公對他極爲恭敬，有一天對他說，「你老兄怎麼這樣不怕痲煩？我家空房很多，隨便你住那一間好了。」他屈指一數，說還有幾處，可以得到供養，到某一天就都完了，「你就是不說，我也會來打擾。」後來作者問他爲甚麼始終沒有到陸家。他說，「官家的公館就能住嗎？」有一大篇理由，我不妨重寫出來。

第一，門戶看守嚴肅，不能隨意出入。第二，早晚兩餐一定要按時等候。第三，茶湯燈火，叫了沒有照應。第四，自己有來往的賓客門房絕不讓他們進來。第五，過年過節，犒賞底下人絕不能省一點。第六，吃甚麼都祇有照例，自己不能添菜。第七，大小生日按人要送禮。第八，主人請客，一定要預早廻避。第九，衣衫髒了，沒有人洗。第十，主人入室，一定要衣冠整齊，才能見他。據韓仙霞說，這本來是普通應酬世故。我想不一定人人知道，否則王端履不會問他。

四十年前我的伯父母由江西南昌到上海，不住姑母家，而住旅館。伯父是銀行經理，姑母家在上海，屋宇寬敞，家裏有車伕、厨子、男女僕役。姑母是伯父的姐姐，一定要伯父來住，伯父說，住在她家他們不自由。我當時大惑不解。跟着我年紀大了，也在親友家作過客，得到的教訓是，這件事不好玩。並非主人不熱烈招待，而是自己心不安。且說幾件。

第一是打擾人家。主人雖說當你自己人，總知道你是客人。他唯恐慢待了你，你也知道。你如果住旅館，你就不用不安，你是顧客，旅館收了你的錢。你早上起床，房裏糟蹋得零亂，床也沒鋪好，厠所裏浴室也沒有洗，浴巾亂放，你毋須抱歉。你在親友家裏，穿睡衣嫌不成體統，穿得整齊又太拘謹。起身太早，怕吵醒主人；睡得太遲，怕主人已經倦了。你也許夜晚餓了要吃點點心才能睡。報業大王赫斯特家招待貴賓，照例不准客人在臥室吃飯，連總統住在那裏，提出請求，也遭拒絕。他家祇有餐廳可以飲食。你如果私下帶幾塊餅乾到臥房，也不妥當。雖然主人不是赫斯特，你也不能把餅乾碎屑落在地毯上。你的髒衣服雖然可以用主人的洗衣機洗，總給人麻煩。你不一定會用他家的機器。總之，在人家作客，伸不是，縮也不是。

我伯父的話沒有說錯，你在別人家，即使是自己的姐妹兄弟的，也不太自由。我有位至友在某城，我做過他家客人兩次，他家的招待再殷勤也沒有了，我做客的感覺全沒有，眞是「如歸」。可也有一次，我因爲出差，公家供我住旅館，白天和他們在一起，就比那兩次更自在。我研究原因，發見從晚上回旅館起，一直到旅館吃了早飯，這一段時間我完全不是客人，不用穿整齊，不用注意禮節，不存打擾了別人的心；想到他一家人也舒坦了，不用提起精神待客，我也安然。回憶在親友家作客數次，幾乎擾人太多，自己不安之至。今後再不能重做這樣的事情。

問題是你怎樣說得你的親友相信，你不去住在他們的家裏，理由是正當的呢？你說得出嗎？

人的生活習慣不同，各如其面。有人抽煙，他的室內總是香霧繚繞，而你也許一聞到煙，眼睛痛，要流眼淚，喉嚨裏要咳嗽，頭痛。有時主人要到室外去抽，你過意得去嗎？飲食也不簡單，有人飲茶，有人祇喝開水。茶有不同種類，光是濃淡就有多種程度。又有人祇喝可樂，有人絕對不喝可樂。有人非酒不飲，有人酒不沾唇。主人往往用許多心，件件都想到了，你覺得自己罪過，儘管你說，你隨便甚麼都可以。

主人請客吃飯，在家也好，上餐館也好，一次就完了。你住他家，一日三餐，他實在不容易伺候。

新朋友有極重義氣的，會請你去做他的賓客，你當然不知他的生活習慣。(他不知道你的習慣，請你去住，實在冒很大的險。因爲你作興是很會作踐的客人，把他的地毯損壞，紅木家具上留下刻痕。) 卽使是極熟的朋友，你沒有住過他家，也不知道他的生活方式。

我們家鄉有句俗語，「金角落、銀角落，總不抵自己的窮角落。」我每次住在朋友華貴的府邸總覺得不安，一回家躺在自己簡陋的床上，就無限舒適。因爲我的家裏無論弄得多亂，也不要擔心。尤其是自己上了年紀，更加馬虎。

近來每年總和內子梅醴同去西岸看望二兒夫婦。當然不覺得自己是客，不過看到兒媳服侍的辛勞，也總不安。如果讓我們住旅館，我想我夫婦一定舒服得多。不過這怎麼成呢？等我住完回家，才覺得輕鬆許多。別的人家就不用說了。

滋補

世界上有無數人晚上餓着肚子上床。按人餓了胃會痛，日久會有潰瘍，覺也難以睡着。這些人怎麼活下去的，我們難以得知。另一方面，有些國家的人營養太好，勞力不足，就有肥胖、血壓高、血管栓塞、糖尿病等等麻煩。似乎要有個調劑，以所餘補不足才好。

中國人另有一種情形，一方面有人面黃肌瘦，像是受了餓，另一方面有人講滋補。英文裏也有補藥（tonic）這個字，同義字上十個，可見英美人也吃這個東西。這個字又和興奮劑、刺激物（stimulant）相通，說得上中外一樣。不過據我所觀察到的，西方人似乎沒有中國人這樣認眞進補。因爲我看報紙廣告，中文的補藥登的很多。不但藥房和醫生說，補品怎樣有神效，甚麼不堪的字都用了出來，還有緊跟着一旁的病人鳴謝啓事，說他怎樣無能，補藥一吃，如何有了人生樂趣云云。我不知道人何以會這樣不知羞恥的。不免懷疑是否有這個人。按讓電視節目訪問的同性戀、強姦犯、亂倫的人，祇有聲音和黑影出現，不露面目。

吾鄉有句土話，「人人有臉，樹樹有皮」，這些人甚麼臉也不要了。

我知道的飲食學不多，但是我的姑母終身吃素，活到九十多歲。她的營養眞少得可憐，祇有白飯和一點蔬菜，最多吃一點豆腐。不過她勤勞，整天工作。我從小就相信，人天生能活下去，凡是別人能的，我也能。我有一位世伯說過一句驚人的話，我已經提過。他說男人沒有一個不腎虧的。他天天吃鹿茸，說是最補。我沒有見了朋友就問，他是不是腎虧，不過很多人從來沒有吃補藥，也活得很久，而我這位世伯滋補有方，六十歲上下就去世了。我祇相信，人要動，才能吸收營養，日常飲食裏的養料，大致已經夠了。充其量補充一點維生素。

前些時讀到好友梁錫華的大文，「你吃甚麼的，說！」簡直如聞警察看見小偷爬窗戶進濶人公館，大喝一聲，「你幹甚麼的，說！」這個題目，再好也沒有了。因爲我有篇文章裏提到他駐顏有術，引起別人注意，多方找他道出飲食秘竅。他這篇文章是總答覆，說出他的食物和吃法，大可作爲參考。不過我寫的文章裏提到他樣子年輕，並沒有認爲這和他飲食有關。誰想別人竟以爲他吃的喝的與衆不同，在厠所也要截住他逼供。按世運選手的飲食的確是專家設計的，不過普通人不需要做超過尋常的勞動，不必這樣認眞。中國人每見百齡人瑞，必問他吃喝些甚麼，以爲長生之道，就在吃上。而壽翁也一定說，他吃甚麼、喝甚麼的。我有一位朋友，八十餘高齡，隻身到世界各地。他叫人吃兩樣東西，花生米和葡萄，喝白蘭地。我猜這和進補的傳統有關。俗說「藥補不如食補」，這話倒很對，所以要知道他吃甚麼的。但是還有一個要點大家忽略了。

記得拙文裏提到錫華上山下山連校車也不搭，總是走路，這句話其實是關鍵所在。我現在要補充一下。沒有去過中文大學的人不知道，這座學府高踞小山之上，景色絕佳，從宿舍到教室，從車站到山頂，飛毛腿也要走很久才能抵達。連青年學生也乘校車上下的。錫華的腿是神行太保的那一雙，無論風雨寒暑，他都挾了書和講義，上下如履平地。不相信我的話，祇要摸一摸他腿上的肌肉，就知道它多結實了。

朋友應該注意的是他這種跑法，而不是他的飲食，他的吃法的確很高明，可以仿照，不過照樣吃了而不走他那麼多的路，恐怕沒有效果。大家不知道，他這種人吃喝比不運動的人更有滋味。他那樣忙、教課、演講、還能寫小說、散文，千言萬言，好像全不費力，其實也是走山路走出來的。你如果不相信，改換一下生活方式，多多走路，看是甚麼情形。我猜想連睡眠也更酣暢。

古今中外很多偉人是農夫出身，在田裏做過生活，所以體格總比別人強，他們那裏有補品可進呢？名伶蕭長華不乘人力車，唱完戲半夜三更也走回家，他活到九十多歲還很健康。

我已經提到他多次了。

吃點營養豐富的東西，倒不錯，吃大補的藥，比毒藥好不了多少，結果受害是一樣的。其實補藥就是毒藥，初吃效用奇妙如神，再吃就無用，最後不吃就不對勁了，吃得越久，受害越深。從前的皇帝因爲後宮的才人太多，所以短命的多，長壽的少，我已經提過。御醫的任務，就是替皇帝進補，補來補去，拉不長皇帝的壽命。補藥如果有用，最得益的就是皇帝了，他最吃得起，也有人伺候他。往年的御醫如果有日記，就可以知道他給皇帝吃些甚麼藥，也可以知道，皇帝的身體有多虧了。據小兒科醫生告訴我，小孩子生病，大多是吃多了。所以下一帖瀉藥，病就會好。市上通行的給嬰孩吃的成藥，說是能治小兒百病，其實祇是裏面放了瀉藥，吃下去能通大便而已。有一種瀉藥竟是水銀，不過分量極少，如果製藥不愼，放多了一點點，嬰孩就會腸穿喪命。連暢銷一時的韋連氏紅色補丸，也不過是通便藥，可見藥是欺人的，要緊的是生活的方式。

我年輕的時候，受過軍訓，身體立刻就強了許多。我從此相信人要體力的勞動。社會上的人對毒品倒有戒心，國家甚至立法制止種植、發售，而對補藥卻視若無睹，任它騙人、害人，這是甚麼原因呢?說它是飲酖止渴，也不過火。古代的皇帝喜歡方士，秦皇、漢武這樣的英雄人物，也不免求長生不老的藥，卻都像平常人一樣死了。人不依自然的法則，想勝過自然，早就得過教訓了。不過人是記不住教訓的。

中國本有虛不受補的說法，可惜大家不喜歡相信。江湖醫生知道人的弱點，會配些毒藥，讓人得到一時的興奮；以後的死活，不用他負責，他祇要有錢賺就行了。

乙丑大雪

擇偶

往年婚配多麼簡單！父母之命，媒妁之言，就成了，或者甚至指腹爲婚。今天要自己揀，這就難了。揀甚麼樣的人？揀錯人一生後悔無盡，卽使現代可以離婚，這件事不簡單，弄得不巧，第二次的婚姻不及第一次的幸福。再離嗎？有甚麼把握比上一次好？

且說夫妻配對，眞不單純。娶個英國女皇總好極了。就是無論走到那裏總跟在她後面，也沒有誰當王夫一回事。無數榮譽職會請他擔任，他也的確可以有貢獻，如世界保護動物會的會長，或者集郵總會的會長等等，絕不會叫他身分降低。可是要是他想擔任政府的要職，如首相或國防大臣，那就休想了。不要說這種要職，就是郵務大臣或者更小的甚麼也休想。他可以吃閒飯，祇要遇到官式場合，穿起全身戎裝陪着女皇就行了。據說有一次當今的愛丁堡公爵動了肝火，一個人出走。還是女皇念在夫妻之誼，親自出門，請他回來。愛丁堡公爵也是一表人才，如果不做王夫，說不定有一番偉業建樹出來。

最近我才知道，美國國會議員的太太不是好做的。最近有這樣一位太太初到華盛頓參加鷄尾酒會，就有個攝影的人請她站開，好拍她丈夫的照片。加州衆議員柏爾曼（Howard Berman)的太太幾星期前就打電話，告訴歡迎柏爾曼聚會的女主人，說她到時候不能出席，因爲那天她在洛杉磯有事。女主人查清楚當天議員會在首都，就爽爽快快告訴柏爾曼太太，「行了。您不來，我們一切照原定的計畫進行。」就連影星伊莉莎白・泰勒嫁了議員，自己都不待在華盛頓，也不跟丈夫在一起——她不能讓她丈夫搶盡她的鏡頭。

* * *

我四十年前在上海中國銀行總行工作，聽說最高級人員的太太都埋怨丈夫工作太忙。從早上起出門，晚上總開會，討論要緊的事情，要到很遲才回家。中國銀行高級職員的宿舍都是精美的大厦，銀行供給汽車和司機，待遇很優，可是他們的太太卻有怨言。不過這種工作太忙的丈夫總還在家。我知道中國的海員經常在四海漂泊，難得回家，他們的妻子和寡婦差不多。爲了生活，夫妻睽違，靠船開回來住幾天，彼此相聚。這種夫妻才值得別人同情。

我們家鄉的人在外埠做生意，家眷總放在老家。很多人一年回家一次，住些日子。這些生意人在外面不免有女人，也有人染上性病。往年夫妻不住在一起，有的爲了父母在堂，要媳婦服侍，禍害之大，許多不幸的事發生，眞太不合道理。我的一位親戚結婚以後，若干年中一共跟丈夫沒有住幾天，丈夫就生病死了。倒是開小店的、教書的，夫妻可以住在一起。美國人夫妻總在一起。可是海軍在國外服役，也不能攜帶眷屬。這種分離是不容易忍受的。

美國還有一種體面職業，是公司業務代表，負責某地區的業務，經常往來各地視察接洽。他們的太太一星期最多祇有一兩天和丈夫在一起，爲了衣食，也無可奈何。

還有一種夫妻各在一地工作，都是負責人物，誰也不能辭了職，去遷就配偶。美國人週末可以坐飛機，和伴侶相會，雖然歡愉，到底不方便。除非十分富有，否則交通費用也不小。遇到飛機誤點，還有許多焦灼和擔心。

* * *

婦女選丈夫，丈夫選妻子，都有很多考慮。我早就發見，配偶不是由得人揀的，是碰的。運氣好，碰到合理想的，運氣不好，就碰不到。現在很多人不肯妥協遷就，結果獨身過一輩子。他們沒有錯，與其受委屈或後悔，不如保持自己的尊嚴和自由。選非其人，祇有痛苦。從前有父母之命，不滿意也得結婚。不過不要批評這個慣例不好，盲婚也有幸福的；當時或有不滿，日後竟成了良配。男女本來相悅。英儒約翰森博士說：「結婚有許多麻煩，不過不結婚就甚麼快樂也沒有了。」這樣說來，如果對方還過得去，是個正人，就結婚吧。

現代的男子要揀甚麼樣的人做妻子？要她美艷如仙、才高學博、體格健全、在家能主持家政、出外能做主管。這樣的人物當然有，不過也不太多。女子要揀家財百萬、英俊威武、社會聞名、溫柔體貼。這樣的人雖有，也不太多。有智慧的人擇偶，但求可靠，不求卓越。因爲太合理想，其人一定自大，而且是無數別人（往往比自己高強）追求的對象。走出大門，就有危險。與其擔驚受怕，不如委屈安心。幸福要心安才能享受。尤其重要的一點是，彼此共同生活不光靠戀愛，還要有敬重。假設有個女子，實在十全十美，所有形容美人的字眼全可以用在她身上，可是她看到你現出滿心鄙夷，一點也不寶貝你，你千方百計娶到了她，生活能快樂嗎？你受到冷落，看她羨慕他人，這個時候，你就情願讓她把你撇開了。英俊的男子有成打的美女跟他厮纏，你嫁給他沒有一刻放得下心來，還不如和不很搶眼的丈夫相處幸福。世上確有忠貞的美男美女，從不對配偶變心，這種人是例外。德性芳美，和外貌出衆相同，可遇而不可求。外貌不動人而不端正的人並不少。人就是這種難以理解歸類的。就像去做和尚、神父的，往往有相貌俊美的男子；尼姑、修女不完全是醜陋的女人。人的高尚情操超越常情。

* * *

很多男子，如電影明星，名成利就，受不住誘惑，就拋棄髮妻。他們的太太痛恨名利，恨不得還過往年牛衣對泣的日子。男明星守貞潔的人也不少；他們才眞是聖人，因爲引誘他們的人又多又美。他們不一定是眞正基督徒，不過一定是智慧極高的人——不願意毀滅自己的家庭和幸福。受人引誘或者追逐別人，結果自己也失掉最足珍貴的福分。我數一數好萊塢的名人，幾乎可以寫一張名單出來。撇開是非道德，人各有志，有人喜歡這樣享福，有人喜歡那樣爲生。

夫妻要同行嗎？文學家和文學家結婚、音樂家和音樂家結婚，當然好極。古人艷稱閨中唱和的樂趣，我朋友之中也有善於操琴娶了名伶的。不過對於這一層我有點保留。我想各幹各的，很不錯。古人說，文人相輕，難道做了夫妻就相重？我認識的文學夫妻之中，有互相佩服的，也有互相蔑視的。我以爲求同好不一定在閨中。家庭第一，要看這個家能不能幸福。寫出文章來，妻子或丈夫第一個欣賞，甚至批評，建議固然極妙，有個完善的家庭，可以安心著作，似乎更好。丈夫或妻子能伴奏當然好，但是我認識的這樣一對日常並不享這個雅福，因爲夫妻都忙別的事情：丈夫幹一行，妻子管家，一把兒女要照顧。

英國哲學家羅素和很多女人有來往。聽說他對他的妻子也不太苛求貞潔。他倒公平。等到他的女兒婚配大有問題，他的態度卻改變了。

有些未足

亞歷山大大帝因爲再沒有世界可以征服而痛哭。我想人到了要買甚麼就能買甚麼，他買甚麼也沒有刺激了；他想到這一點，不也要痛哭嗎？英國散文家藍姆寫他窮的時候，想買一本書，終於下了決心去買來，晚上燈下閱讀，快樂非常，看得我感動。我想億萬富翁買下一家大圖書館來，絕沒有多少樂趣。「等我空下來，再慢慢一本一本去看吧。」他會對管理圖書的職員說。

這是天公公道的地方。窮人餓肚子的，吃甚麼都香，胃口也好。濶人一晚要到幾個地方去坐首席，我已經有文章記過他的痛苦了。

再談讀書，清朝有個汪中，據說他讀書過目不忘，而當時天下的書他都讀過。別人的書殘缺了，他可以憑記憶替人補出來。可憐的汪中，再也沒有書可讀了。我們可以隨時抽一本書出來，讀了消遣，或者增長知識。他完了。他祇能背書，而且得不到讀書之樂。誰叫他記性那樣好的？

人的快樂在總有些不足，有不足才有欲望補足它。我從來沒有大富大貴。祇有一件事體驗到充足的空虛。我過去有五十多年沒看過一棵樹。現在住處連小樹算總有千株，再添一百株也沒有多大意義。並非豪富，而是這裏本來是森林，開闢了一塊空地建屋的。我當然喜歡，不過以前想有一棵樹能吟一句「撫孤松而盤桓」的那種希望沒有了。十年前鋸了一棵大松樹，費了一家的氣力，才除去怕它倒下來打爛屋的威脅。去年颶風侵襲，給大樹嚇壞，倒下的許多棵幸喜方向好，沒有打中屋。我想財富恐怕也有類似的情形。單單說一件，倘使沒有錢倒也罷了，吃碗苦飯，安安逸逸。有很多錢不要說被人騙了去心裏不舒服；就連投資的機會撞得不巧，一念之差，損失上億，要很會看破，才能免掉懊惱。

我們的藝術家造詣已到巔峯，是不是要痛哭呢？文章寫得不能再好，畫的技巧高得不能再高，歌唱美得祇有天上才有，會嗎？不會的，因爲沒有這樣的事情。眞正的藝術家永遠在受自己的威脅。沒有一篇文章是好得不能再好，畫還可以再進步，唱的曲也有改良的餘地，所有名作家、畫家、歌唱家都這樣說。如果寫了一篇得意之作，自己知道，這是碰巧，再沒有把握能夠源源不絕，寫同樣好的作品出來。歷屆網球冠軍心裏有數，他（也包括女性）不久會給人擊敗。這些事不會爲了沒有可以再征服而感到空虛。最著名拳擊重量級冠軍祖・路易有一次把某好手打倒，事後說，他那次打得太壞，向那位敗在他手下的人道歉。不多久以前，泰森是重量級的拳王，他說全世界沒有一個人打得過他。他不用痛苦；就在今年二月有個不出名的人把他打倒了，奪去了他的冠軍銜。他現在有希望，應該快樂，準備再奪回冠軍，至於能否奪回，是另外一回事。

每一件大工程完成是大快樂，也是大空虛。要另外找一件來塡補。曹雪芹的《紅樓夢》沒有寫完，他就死了。不然他會再寫第二部。狄更斯就是一部一部寫下去的。他們那種創造力充盈的人固然資料在胸中洶湧，要傾倒出來；也因爲有完成一件事的空虛，他們要去塡。很多偉大的天才，曹、狄就是，死後都有未完成的著作丟下。要不然眞正是江郎才盡，寫不出了，或者寫得太壞，再也迸不出往年的火花。爲他自己，他還要創作。這也是人生的常道。退休的人卽使衣豐食足，甚至在社會上還有虛名，會覺得空虛無聊，這是因爲他已經沒有要幹的了，沒有了爭勝的疆場，沒有了創作。人眞能像古時的隱逸之士那樣，終日採薇、賣藥，抱了甕在蝸廬呻吟嗎？至少也要有些叫自己心靈日新月異的長進，才能活得下去吧。古人有的喜歡左琴右史，不是沒有緣故。

有指望，還要有些焦慮才好。據說美國一定要有個假想敵，國家的事務才能應付。現在蘇聯已經不成其爲敵人，冷戰已經結束，說不定還有別的威脅。我想美國人已經把目標轉移，想到日本經濟的侵略可怕了。這個恐懼夠他們對付很長一段時期。我想美國經濟力最強大的時候，他們一定感覺空虛，和大英國國旗沒有日落那時的空虛一樣。美國人還有很多指望的事，把毒害清除，環境弄清潔了，把學生的教育程度提高等等。

我常常想到攀登上阿爾卑斯山勃朗峯的人，高興之餘，一定也有悲痛：全世界再沒有更高峯給他去征服了。他完了。我想，這種體力過人的人一定可以在別一方面創他的紀錄——他去爭馬拉松的冠軍嗎？也許。要不然坐下來寫他的攀登記，回憶錄，如果他還有一枝生花妙筆的話。說來並不奇怪，世上有無數的空地，供人開墾。的確有人，墾了一塊，又墾第二塊的。自然有人寫了小說，又改寫詩，或者幹了測量，又寫小說。別以爲他多才多藝；他征服了一個高峯，受不了那空虛，要再找另一個。到末了，年衰力竭，才肯罷休。有的人一生平平過去，倒也罷了。他沒有征服過一個高峯，當然再也不會換第二個。他的指望不大，最多是多餘些錢，享福而已。焦慮也祇限於錢沒有賺夠。他不懂亞歷山大大帝爲甚麼要哭。

我又想到孫中山先生。他締造民國，應該有空虛之感了吧？沒有。他說革命尚未成功。唐、宋的開國之君，統一了中國，都有很多沒有完成的事業。彷彿祇有攀登世界最高峯，上去了會感到悵然，別的事無岸無涯，永遠難以抵達。你如果和史學家陳寅恪談談，他研究範圍以內待做的工作太多了。再給他幾百年的光陰，也不夠他用。宗教家要把全世界皈化，恐怕永遠不能完成。這是很有意思的。幸虧如此，人類裏精力飽滿的才永遠有興致，有指望，有恐懼，有歡愉；鞠躬盡瘁，到死都活得樂趣無窮。

庚午立春

言不由衷

王友逌請張大本吃飯，是有打算的。他幹的一行很不順利，想叫張大本給他一個位置，在張大本的廠裏，當他的經理。他們本來是大學的同學，過去很接近，因爲兩個人都是校裏國劇社社友。不過二十多年來，彼此有了不同；王友逌事業不順利，換了幾個差事，一無成就，張大本賺了錢，公司開了幾家，還有廠。他雖然還顧念往日同窗的友誼，跟王友逌來往，大家談天，也祇是客客氣氣，再不能說心裏的話了。

這天吃飯，他們有許多話不便說，我想情形大概是這樣的。

王友逌（以下簡稱「王」）：「大本兄，這家上海館新開張，聽說餚肉很不錯，獅子頭尤其出名。我們好久不見了，所以我請你來敍敍。」他心裏想，「你甚麼問題都解決了，我呢，馬上要搬家，連住的地方都沒有。老房東漲租，新房子住不起。」

張大本（以下簡稱「張」）：「友逌兄，多謝你。我也一直想念你。我們還是一年多以前在老李家碰面的吧？——這家館子挺不錯，我正打算約幾個朋友來試一試他們的上海菜呢。」他心裏想：「你現在可混好一點？何必花錢請我吃飯。」

王：（遞過菜單）「你看看喜歡吃甚麼，隨便點幾樣。」他心裏有話，「不管多貴，請客總要像個樣子。反正我有準備。」

張：（接過菜單）「隨便，隨便，你點好了。我吃得簡單，也不能多吃。醫生說我血壓高，很多東西不許我吃。我們就吃點素小菜好了。」他心裏也有話：「你何苦破費呢？我好菜吃得太多了。我請你無所謂，公司常請客，都可以報帳的。」

王：（有些窘）「總不能請你吃青菜豆腐吧。來，我們來點海鮮好了。鰣魚你吃不吃？叫一碟龍蝦，清湯魚翅不油膩。他們炒的鱔糊好極了……」

張：「太多了，我們祇有兩個人呀。來一盤鱔糊，再來個白菜豆腐，炒個蝦仁，就吃飯了。」他覺得叫王友遒破鈔，並不愉快，越儉省越好。不等王友遒再出主意或抗議，他就叫茶房寫菜。王友遒當然要爭着加菜，不過張大本有些專橫，茶房寫了這三樣，就給他打發走了。王友遒心裏又氣，又安慰。氣是氣張大本太看不起他，安慰是放了心。

王：（仍舊要表示待客的熱忱）「我們喝點甚麼？你的酒量是出名的。白蘭地還是威士忌？」

張：「不瞞你說，杯中物我是一向貪的。不過近來鬧血壓高，還有痔瘡，一滴也不敢喝了。我連茶都祇喝淡的。我們還是清談好了。」他想：「我家裏好酒太多了。這裏也拿不出來，而且貴得很。」他接着說：「哪一天你到我家來，喝我擱在那裏的剩酒。」他本來想說「陳」酒，再一想，怕王友誤會他嫌這裏的酒不夠陳，臨時改唸成「剩」了。他的家鄉話裏這兩個字音祇有平仄不同；換了北方人就改不過來了。說完哈哈大笑。這個「剩」意思太好了。

王：「改一天我一定來看你，不過近來我也有點頭暈，不敢多喝。」心裏又放下一塊石頭。這裏的酒是很貴的。

張：「老王，你近來還下棋嗎？」實在找不出適當的話。本來他想問的是：「你近來可找到差事？我聽說你失業了。」可是問不出來。

王：「好久沒下了。沒有人和我下。」他想嘆口氣，忍住了。心裏想：「我哪裏有這個雅興？住都就要沒有地方了。」

張：「你是國手呢。記得從前連誰呀，連全國聞名的象棋聖手王甚麼的，祇能讓你一個『卒』，再讓就要輸給你了。」心裏想：「你這些歪才，濟不了事。這個世界祇認得錢。」

王：（嘆口氣）「唉，這些歪才（張大本聽了這兩個字心裏一驚，臉上紅了）有甚麼用！我早已不行了。前些時跟個年輕小夥子下，幾乎輸了給他。」他一面感慨，一面轉移話題：「你的高爾夫球總打得不錯了吧？」

張：（面露笑容）「馬馬虎虎。我加入本地的業餘高爾夫俱樂部，現在當了會長。」（他有些得意，但是又覺得不該在老同學面前張揚，何況王友遒現在不得意。）「這種虛頭銜沒有甚麼道理，你知道，不過是白當差罷了。我下屆決定不當。其實我也不空，球都打得少。」他心裏想：「我那裏有你這麼閒呢。」

王：「這也是能者多勞……」

這時候點的菜已經來了。張大本要了白飯。王友遒請他先嚐一嚐蝦仁。一面說：「你也要有點消遣，有點運動。撥點時間，打打高爾夫是好的。可惜我不會，不能陪你。」心裏想，這種運動也要有點錢才能玩呢。「你還玩票嗎？」

張：「也玩。近來戲學多了幾齣，可是嗓子不行了，氣也不足。到了年紀了。陳師傅，那個拉胡琴的，一禮拜來給我吊三天嗓子，他也肯教。他說我唱的韻味好，其實好甚麼呀！」

王：「你是正宗麒派，我一向佩服你。幾時公演『蕭何月下追韓信』啊？」心裏在想，你有錢，自然有人捧你，也賺你兩個。你那條左嗓子唱甚麼也硬僵僵的。接着張大本開口了。

「就在下個月替無家可歸的人唱一臺義務戲，在藝術中心大禮堂。我會送票給你。」他引以為榮，也有牢騷。演這種戲，自己掏腰包，開發拉胡琴的、打鑼鼓的——內行叫做武場，替他化妝的、管戲服的，賣票送親友等等。不過這些都不談，排戲還得花時間，請人吃宵夜，忙上兩、三個月。「這些你老王那裏知道！」他說不出口。

王：「我先謝謝你。眞虧你熱心公益。這又是能者多勞了。」他心裏想，這也是吃飽了飯沒事做。

張：「那裏，那裏。」他看王友遒這些事全沒有分，有些替他難過。想勸他在社會上也有點出風頭的活動，弄點名氣。名字叫起來響一些，可是也難以啓齒。忽然想到：「你向來唱梅派青衣的，現在還練嗎？」

王：（感觸很多）「很久沒練了。不瞞老兄說，我沒有人拉胡琴。替我拉了二十多年的老周前幾年去世了。後來我在那裏唱都不如意，總想念老周，他眞是徐蘭沅的嫡傳。有些內行我也請不起，所以索興不唱了……」（發見自己話說得太真率，怕露出底來）。「不過嗓子也不行了，連我自己都聽不下去。漸漸地戲也忘了。上了一句老話，『一心想唱戲，嗓子不爭氣。』」

張：（十分同情）「別說洩氣話，幾時我們約一約，你到我家來。陳師傅是我包請的，他的梅派戲也拉得有樣子，他拉你唱，你會舒服。他閒也是閒着。」

王：（很感動）「謝謝你。我先要理一理戲詞。——來，再添點菜，飯總要吃飽。」

張：「謝謝你，我已經飽了。今天跟老朋友談天，一高興，多吃了半碗飯，要是讓吳醫生知道，又要怪我不顧死活了。」這時候他忽然想到要問王友遒有甚麼體己話要跟他說，不妨講出來，可是不知道怎樣問他，才不嫌冒失。「老王，很多謝了。我們好久不見，話談起來沒有完的。你……你幾時到我家來唱戲？我們還要暢暢快快談談呢。」

王：「今天不成意思，沒有吃好。改一天我一定來看你。」他這時候看得出張大本對他關心，很想把託他找事的話提出來，有話講，這是時候了，可是話到喉嚨裏就停住了。他不知道怎樣措詞。眼看等了很久的機會錯過。張家他是一定要去的，也許日後機會還有，可以談「正經」事情。等下一次再說吧。可是他住就成問題，恨不得早些有個辦法，有份工作，可以對付。他心裏的思潮起伏，幾乎發楞了。張大本看他躊躇，不知道他想些甚麼。匆匆說了一句。

「今天可否讓我做個小東？」

王：「那怎麼可以！」他一把抓住帳單。「這個酒樓不是你請客的地方；你請我呀，等我揀了館子再說。」說到這裏兩個人都大笑不止。

就這樣他們分了手。王友遒始終沒有說出最要緊的、心裏要說的那句話，「我要你替我找個事。」

之後

我發現許多事發生之後，人會遇到事前萬萬料不到的情形。《羅馬衰亡史》作者吉本（Edward Gibbon, 1737–94）鉅著完成之日，他剛剛以恢復自由，聲名建立爲快，卻很快悲從中來，發覺自己和老而可喜的一位朋友永別，不管他歷史書的前途如何，史家的生命總是短而不足恃的。我想所有有偉大成就的人在功成之後，無不如此。中山先生最後告訴後人的話是「革命尚未成功」，其實民國已經成立了。亞力山大在十一年當中幾乎把他當時人所知道的世界全征服了。他會想到再沒有別的地方可以供他揮軍前往爲憂嗎？他正打算征伐阿拉伯，以三十三歲的英年就得熱病死了。算他運氣好的。

每次宴會，大家吃、喝、談笑，都非常有趣。不過到了酒闌人散，總不是滋味。看戲也相同，除非看得累了，想回家睡覺，否則臺上奏起「尾聲合頭」，總是淒涼的。

漢高祖得了天下，回到故鄉，把故人父老子弟找來喝酒，應該是最快樂的了，他卻唱

「大風起兮雲飛揚」的歌，起舞，慷慨傷懷，泣數行下。恐怕一般人都會如此。這是成功之後的感觸。大學生畢業，拿到了文憑，作何感想？我想有人會覺得畢業就是失業，出了校門，茫茫人海，去幹甚麼？再還有就是學問浩如淵海，他們所學眞正祇有一點點，除非沒進學校，早已把書唸好了。要不然，再繼續唸碩士、博士。可是唸了博士又怎樣？

我從來沒有破產的經驗，不過我想像得到，一個富人破產之後，一定會從心底有輕鬆之感。種種憂愁全化除了，再糟也不過如此。不但自己可以東山再起；另創一番天地出來，即使過一點刻苦的日子，也沒有甚麼對付不了的。世上有更苦的人。

之前、當時、之後，分別很大。一個人有所求，有所圖謀，有所憂慮，心情最緊張。等到苦樂臨頭，又是一種情形，有的和想像的差不多，有的不同。等到事後，往往有意料不到的感覺。啊，原來如此，眞是得不足喜，失不足悲。

得到頭獎的人（如奧斯卡金像獎最佳男主角）在歡喜之餘，立刻會想到自己再拍一部電影會不會成功。以往的演員當中，有的得獎人一再演出優秀，第二次得獎的都有。有的再演不出一部像樣的戲來。得了諾貝爾文學獎的人有的人一生就祇那部得獎作品出色，以後就再也寫不出相等的佳作，從此沒沒無聞（參看附記）。人是人，不是神，也不是機器。另一方面，人的韌力，反彈力也可驚，任何肉身的疼痛，精神上的打擊，都能忍受。婦女生孩子多痛，可是無數的女子，生了又生。貧窮、疾病、壓迫，不管多可怕，人都能對付。二次大戰期間，德、日集中營裏的人受多少痛苦，他們都對付過來了。大陸饑荒和文革期間，多少人饑餓、受損傷，也還有無數的人挨過來，活到今天。這個之前是恐怖，當時是受苦，之後是痛定思痛，也不無安慰，總之苦難終於成了灰塵。

所有夢想中要佔有的，一旦獲得就不免等閒視之。名牌汽車、華厦、高位、美麗英俊的伴侶，都是如此。報仇殺人，一時心裏會滿足，不過懲罰立刻就來了。仇人已經甚麼知覺都沒有了，再不能折磨他了，他已經完全勝利。以後永遠空虛、失望，甚至受罪的是報了仇的人。

之後也是另一行動或事件的之前。亞力山大攻下了地中海岸之後，就又面臨向東進兵之前。也許是受不了「之後」的空虛、失望，他才前進不已的？他還有阿拉伯沒有攻下就離開人間，我剛才說是他運氣，他能征服不停嗎？

附記：

美國名劇作家阿瑟・密勒寫了震撼劇壇的《推銷員之死》以後，雖然也寫了好些名劇，再沒有一齣能達到《推》劇的水準。這是任何作家常常會碰到，也無法可想的事。英國有位小說家威爾基・考林司（Wilkie Collins, 1824-89），和狄更斯合寫過好幾部小說，自己也寫了些小說，而且是第一個寫偵探小說的人，可是只有一本名著永垂不朽：《月長石》（The Moonstone, 1868）。這是一本奇書，不可不看，可惜中文還沒有譯本。

眞誠的對立

我們平常總覺得，兩個人不能相容，一定是此水彼火，此忠彼奸，或者一個性子急，一個性子緩，諸如此類。其實不一定如此。有時候兩個都是眞誠的人，不過對事情的見解正好相反，或者對事情的處理、主張不同，也會大起衝突，積不相容。我最近看英國近代的喬治・高登（George Gordon）爲十九世紀英國詩人雪萊（Percy Bysshe Shelley, 1792-1822）逝世百週年紀念所作的演講，題爲「雪萊與壓迫人類者」（Shelley and Oppressors of Mankind）一文，裏面提到詩人的父親提摩西爵士（Sir Timothy Shelley）說：

提摩西身為人父，也盡了全力。他為了維持名教，慈愛而矛盾，失敗了。此後要由他的律師去處理（怎樣對待雪萊）的事了，一家之內，兩個真誠的人衝突，年輕的一個新一代的腦子對抗老一代搖擺不穩的心情：不過照我們所說，搖擺不穩是循規蹈矩一方面的。這個衝突的現象叫人看了覺得很慘。

我們首先得知道，雪萊是個不平凡的青年，他父親有爵位，所以他是貴族，極其早慧；是天才，也有眞誠；反抗傳統和權威，包括家庭、學校的觀念、制度，不理會政府、君王、貴族、法官、法律、宗教的權力。他認爲這些都是暴君、暴政，他要掙扎、擺脫。年紀很輕，在大學讀書就寫信給從不認識的人，討論神學的問題，這些人爲了穩妥，回信都稱他爲「教長」(the Reverend)，這是對牧師的尊稱。他發行小册子，大談無神論。別人可以反對他，他不以爲忤；他就恨別人不理會他。他認爲男女相愛，一旦緣盡，就該分道揚鑣。在他看來，說定了永遠愛一個女子，其荒謬不下於說定了永遠相信同一教條。他好像覺得，男人祇能對女人老實說：「我愛妳，日後要看情形。」（高登的原文是「另候通知」）

而他的父親看重傳統，簡直不知道怎樣對付他。彼此爲了自己的信念，絕不能妥協，絕不能讓步，寧斷不彎。提摩西認爲兒子走了歧路，自討苦吃，他要吃苦才甘心。

雪萊先和哈麗蕚(Harriet)私奔，後來又愛上瑪利(Mary Wollstonecraft Godwin)要哈麗蕚答應三人同居，哈麗蕚不肯，他就把她撇開，不久哈麗蕚淹死，社會人士因此指責雪萊。法庭認爲他不適宜教養他自己的孩子，判給了他父親，這些事不是雪萊的光榮，不過史家說他這個人並不邪惡，卻一派天眞。

這家父子碰到一起，就很不幸。現在人說的「代溝」，自古就有，不過成了兩個極端，情形就很嚴重。一方面認爲人類的種種制度、設施是文明，要好好維護，另一方會當作桎梏，非解脫不可。雪萊是想得到、做得到的人。他眼睛裏沒有順從父親這回事。他說：

你可以「命令」我服從。社會制度把你造成家長，雖然你也會像別人一樣，感情用事，給偏見弄糊塗了：我認為，人的腦筋倘若不是最高明的，一旦找到認為重要的理由，即使是錯誤，也會重視，這差不多是很自然的。

總之，我們可以想像雪萊和他父親都是眞誠的人，但是彼此所見不同，又不肯改變自己的意見，都會很痛苦。

由這個情形，我想到宋朝的王安石變法。王安石像雪萊，是天才。他讀書過目不忘，寫文章下筆如飛，寫極好的詩，有政見，自信心堅強。宋朝在他那個時代的確內憂外患，國勢不振，需要大加改革。以他的抱負，自然要大有作爲。他提出的新法後代史家和儒家無不痛詆。我最近看歷代的筆記，發現宋以後的作者都罵他倒行逆施。現代才有人推崇他，不但替他辯護，還把他說成革命家、先知。我對宋史沒有研究，對王安石的新法也沒有徹底探討；這次翻看史家的記述，歸納起來，得到的印象是：他不算姦邪，呂惠卿才是。他有眞誠，要振興國家。他有理想，有整套辦法，也有勇氣。他的新法並非完全無效。至於失敗，原因不止一端。很多人以爲，他的政敵都是君子、賢臣，有學問、有遠見，如司馬光、呂公著、歐陽修、蘇軾弟兄、文彥博、富弼、范純仁、程顥、程頤等。這些人最初都是王安石的朋友，有的把他舉薦給皇帝，這一點值得我們注意。他們都是忠心爲國、認眞到極點的人，看出王安石的辦法行不通，害國害民。王安石任用小人，是失敗的最大原因，這也是因爲正人不肯依他所促成的。他把事情看得太容易，要達到目的，不顧一切阻力。太急刻，自信力太強。兩派人都眞誠，而所見不同，爲了國家人民，彼此各不相讓；動機純潔，而不能和衷共濟，結果竟互相攻訐，意氣用事，不擇手段。新法失敗，國家受到損失，人民吃苦，落得保守的人批評。

有幾個人的批評特別應該注意。顧炎武的《日知錄》裏〈宋世風俗〉一條著重提到王安石：

> ……及神宗朝，荆公（王安石）秉政，驟獎趣媚之徒，深鉏（同鋤，剷除的意思）

異己之輩，鄧綰、李定、舒亶、蹇序辰、王子韶諸奸，一時擢用。而士大夫有十鑽之目（士大夫認為十個人鑽營），干進之流，乘機抵隙（攻錯），馴至紹聖、崇寧（哲宗、徽宗的年號），而黨禍大起，國事日非。膏肓之疾，遂不可治。後之人，但言其農田、水利、青苗、保甲諸法為百姓害，而不知其移人心，變士習，為朝廷之害。其害於百姓者，可以一旦而更，而其害於朝廷者，歷數十百年，滔滔之勢，一往而不可反矣。

他還引蘇軾的奏議，裏面指責澆薄的風氣之害，又引陸游的詩，論植黨之禍。他責備荆公也許有過分的地方，不過國家蒙其害大體上不錯。近代史學家柳詒徵的話比較溫和，祇說他「施行太驟，陳義太高……而奉行之官吏，又不能盡如立法者之意，有以貽反對者之口實也。」還說，「使溫公（司馬光）等執政稍久，未必不別有所建設。……卽王、呂之所創置，亦未嘗不可採用。……宋之新黨近於管（子）商（鞅），舊黨近於黃（帝）老（子），其根本觀念不同，故政策亦各有所蔽。」（見他的《中國文化史》）

關於新法我已經談得過多；我主要想說的是王安石是極眞誠的人，舊派也是，他們如同水火，和雪萊父子都是眞誠的人不協調一樣。

不能協調的例子很多，就如儒墨，以墨子那種自我犧牲，幾乎是耶穌基督型的，孟子卻說：

「楊氏為我，是無君也；墨氏兼愛，是無父也。無父無君，是禽獸也。」（〈滕文公下〉）

耶穌的話更要遭孟子罵了：

他還在對羣衆講話的當兒，他母親和弟兄出現了。他們站在外面，想跟他說話。耶穌向帶信的人說，「誰是我母親？誰是我弟兄？」就指着門徒說，「這些才是我母親，我弟兄呢。誰奉行我天父的旨意，誰就是我弟兄、姐妹、母親。」（〈瑪竇福音十二章〉）

孟子看重君臣、父子的人倫，他的話也是由衷而發；從儒家的觀點看，是對的。墨子的兼愛，耶穌的教人奉行天意，也有至理。

即使都是儒，朱熹和陸九淵在學術思想上也大有差別，他們成了兩派，有許多爭辯，意見並不能一致。基督教對於異端排斥極其認眞，以前要用火來燒死他們。哲學家唯心、唯物，各有全套理論，支持自己，攻擊對方。

美國的南北戰爭一場廝殺，都是認眞的人打起來的。打了五年，國家的元氣大傷。南方蓄奴是件不光榮的事，北方要解放奴隸，當然理直氣壯，不過這件事原因並不這樣簡單，南方人也不一定都是邪惡的人。結果訴諸戰爭，多麼可惜！倘若不是彼此都以爲自己一方代表眞理和正義，不會傾全力來相打。

最近美國的軍官諾斯中校爲了援助尼加拉瓜的游擊隊，私下擅把秘密售給伊朗軍火的鉅款，不繳國庫，卻轉給這支游擊隊。等到事情揭發，他給總統開除，受到調查，又趕緊銷毁政府文件滅跡，所犯種種重大罪行有十四項之多。國會民主黨議員從國家法律着眼，認爲他罪大，而共和黨議員歷數他立的軍功，並認爲美國本當援助尼游，諾斯敢作敢爲，營救被中東擄去的美國人質，動機也極可嘉，正是今日的英雄，應受獎勵，何罪之有？現在這件案子正在審訊之中，是否陪審員判他有罪，不得而知。倘使判罪，布希總統是否赦他，也未可知。世上的事從兩方看，是非不同有如此。

附註：

王荊公對呂公著、司馬光這些人極敬重。他說呂公著：「疵吝（缺點）每不自勝（自己也受不了），一詣長者，即廢然而反（語出《莊子》，這裏指去掉平時的失望而恢復正常），所謂使人之意消者，於晦叔（就是呂公著）見之。」又說：「晦叔爲相，吾輩可以言仕（做官）矣。」王安石死了，司馬光病中聽到，趕緊寫信給呂公著說：「介甫（王安石）文章節義頗多過人，但性不曉事而喜遂非（將錯就錯），今方矯其失，革其弊。不幸介甫謝世，反覆之徒，必詆毀百端。光以爲朝廷特宜優加厚禮，以振起浮薄之風。」（〈通鑑卷七十九〉）他講公道到這個程度。王荊公變法，反對他的人最多貶官，雖然他兒子王雱說過：「梟韓琦、富弼之頭於市，則法行矣。」王安石不贊成。後來保守一派當權，也沒有殺新法爲首的人，如呂惠卿等。

戊辰小雪

用什麼尺量人

我雖然做過沒有人投稿的雜誌編輯，卻從沒主編過文藝書刊。可想而知，收到大批的稿要看能不能用很費神，也可想而知，很多稿不能用，要退回，能用的又要看和別的稿配合與否，如何配合才相宜。這且不談，我急於想知道的是主編用甚麼尺衡量。大名家當然不用煩心，可是他們也會寫不像樣的東西，用錯字，結構不合情理，內容矛盾。高明如曹雪芹，也會寫錯中文，我發現不少，沒有一一錄下，單指《紅樓夢》第三回有一句，「黛玉忙起身迎上來見禮，互相厮認（下略）。」按「厮」的意思是「相」，上面有了「互相」，就不能再用「厮」了。這當然祇是小疵，不過疵總是疵。恐怕別人的錯更多。有的編輯不免改正一些，也改不完。有的編輯也許把不錯的改錯，或者完全不改，各人的作風不同。衡量別人很傷腦筋。

我自己看重文字的精純，但是從來不敢自詡，說我的文章十全十美，每次看自己的舊作，總發現有要改的地方，也改不完。看見別人寫錯，想告訴他，總是不敢，怕自己未必對。既然大家都不免寫錯，祇有推些馬虎，因爲如果專挑剔作家的錯，就欠公允了。錯得太多，太離譜，當然不能放過。有時看一兩段也可以想到其餘了。

梁漱溟投考北大不及格，倒憑他對中國哲學的研究，做了這所大學的教授。這也並不稀奇。因爲我常想，無數奇才給通常的尺一量，作興就是廢物。友人某兄的下一代，天才兒童，報考某大學，因爲理科一門分數不足而名落孫山。這是教育政策的大錯。這種兒童在理科那一門稍有不足，但是別方面成績優異，怎麼不能扯平？據說愛因斯坦在學校裏數學不及格，因此就不讓他升學嗎？完全不懂這一科的人也可以做偉大的科學家，到大學當教授。

另一位朋友在某處任職，工作成績優良，可是每年要參加若干考試，成績及格，才能升級加薪。其中一項是打字，他的工作和打字無關，此技又非其所長，因此他多年過不了這一關。而若干高級職員並不需要受這項考試的限制，一點不會也不要緊。世上再沒有更不公平、更不合道理的事了。

說起公職，美國國會議員受到的調查遠不如行政部門的人嚴格。往往做了多年議員，一點問題沒有，一旦由總統任命爲閣員，會爆出許多指摘，酗酒啦，搞女人啦，越戰的時期避免上前線啦，抄別人文章啦，學校成績平平啦，說的話不實啦……好像做議員甚麼壞蛋都行，卻進不得內閣。連對一般法官都可以睜一隻眼、閉一隻眼，要等到提名他做最高法官才對他頂眞。美國政府立法、司法、行政三大部門，用人的道德標準不同竟有如此。

我們量人永遠不衹一個尺度，而且可以隨意更換。國家對國家也是如此。美國不滿意伊朗廢王，說他摧殘政敵，不尊重民權，現在的柯梅尼殺起人來毫不留情，倒不提了。就像現在一般機關任用職員要講學歷，固然有道理，若是自己設立公司，自家的人也講嗎？許多事是沒有學歷的人做出來的。幾十年前中國銀行舉辦農業貸款，有一位主管是生物學教員，他不但會辦農貸，還會設計報表，後來做了銀行經理。銀行界另有一批元老是錢莊跑街出身，根本沒有讀銀行系。錢莊固然經營銀行一部分的業務，但是比起來銀行業務的範圍大得多，這些人都要學起來。

歷史上的英明領袖能用人，不受成見的束縛，但是太走極端，也有不良的後果。創業的人往往不顧一切，三國時曹操有了冀州之後，崇獎不檢束自己的人，再三下令，卽使是名譽不好，行爲被人恥笑，不仁不孝，祇要有治國用兵才具的，他都用（見顧炎武《日知錄》論「兩漢風俗」一條）。所以他稱雄。不過他這樣做法，雖然霸業成功，對社會國家的影響很不好。今天政府用人要查他們的操守，一點沒有錯。曹操用的，也不全是無行的人，他在軍隊行列之間提拔于禁、樂進，在逃亡的罪人當中看中張遼、徐晃（見《魏書》），是他的長處。這些名將若不是他，作興虛度一輩子。別人衡量人才，另有尺度，有人才也看不見。漢朝的陳平盜嫂，高祖仍舊用他，後來對高祖功勞很大。

我做教師看學生的卷子，或受委託看考生的卷子，常常害怕自己打的分數不公，有時斟酌再三。人不但有偏見和先入之見，永遠難得客觀，還會受當時其他考卷的影響。人天生有愛憎，自己的經歷、處境，一時的喜怒，都會影響意見和觀點。視覺會有錯誤，即如兩條平行線一樣長，但是配了向內、向外不同的短線，箭頭所指方向相反，向外一條看起來就長些了。

我們如果看了一份文字壞透的卷子，接着看一份文字不太壞的，會覺得它很難得，多給分數。如果一連竟看許多篇壞的，再看篇好一點的，更會覺得很好。這是判斷方面的錯覺，並不公正。相反的情形也會有。我們遇好人壞人，也會有同樣的錯覺。

諸葛亮是法家，他執法很嚴，所以好友馬謖違了軍令兵敗，被他斬了。

但是蜀郡太守法正擅殺他人，他並不懲治他，因爲法正在劉備困阨的時候出了大力。以諸葛亮的公正賢明，尚且如此，一般人就更難說了。我們評論、判斷人重點不同，結論自異。即如清末的曾國藩，若以民族大義來責備他，他是漢人而忠於滿族，不去推翻，反而促成清室中興的局面，不是大錯嗎？這件事當然還有別的看法，就是清朝對他監視很嚴，他如果要革命，恐怕難成。另一方面太平天國本身也有問題。從絕對不同的眼光來看他，他做人、做事、研究學問，都有別人萬萬及不上的地方，他的恆心、毅力、認眞、誠懇、才識，古今罕有，足可做一般人的模範。看我們怎樣衡量他罷了。

時代的尺不同，人也有起有落。英國十七世紀詩人約翰・鄧寫玄學詩，十九世紀初期還不大流行，選家派爾格雷夫的著名選本《英詩金庫》裏鄧的詩一首也沒有。可是到了二十世紀初期，這一派詩大受重視，另一位著名選家亞瑟・奎勒・庫琪的《牛津英詩選》裏就選了鄧的詩八首。百年間一位詩人的升沉有如此的顯著。另一位英國詩人亞歷山大・司密斯活着的時候名氣大極，他的詩今天再也沒有人要讀了。我們最偉大的詩人杜甫活着的時候並不是最著名的，單單是他的畏友、好友詩人李白就沒有十分重視他，可是他的地位一天天在提高，至今不衰。世間衡量人才用的是多麼不可測的尺啊！

附註：

按玄學詩這一派的詩人喜歡聰明的奇想，用牽強附會的意象，約翰鄧是首領。他們的詩當時正統一派不喜歡。約翰・鄧的「鄧」，有人讀爲「董」，不過這家人不這樣讀，漢字沒有相等的音，嚴格地譯，當作「大恩」，但要連讀成一個音。譯爲「鄧」，是妥協。

幸福何在？

享福不容易，可以說是門學問。

都怪人這種動物性情很難捉摸，所以苦樂不容易分清。一碗白菜飯，餓漢吃來，鮮美好像天上才有，富人看見，難以下箸。有個大陸出來的人在美國一家公司工作，那裏需要職員加班，他不但每天早晚加班，連週末也照常工作，結果收入比他的主管還多。同事百般譏笑，他一概不理。不但在公司加班，他爲了省錢，自己還做自己房屋的土木工程，買便宜建築材料，自己搬運，辛勞異常。有人問他，這樣生活，不太苦嗎？他說，在大陸勞改的時候，不但辛苦比現在加倍，還沒有營養，那才算苦。

所以苦樂祇是比較而已。

我常常看兒子帶來的美國一種建築雜誌，那裏面華麗的房屋和裝飾家具，眞叫人羨慕。這當然是祇有上千萬美元家財的人才可以問津。也許要上億。不過我再一想，住這種房屋的人日子一久，一定照様生厭。以我來說，現在住處雖然平常，比起在香港的來，不知寬敞、幽靜多少，當初想也不敢想能住這種房屋。可是十年來，朝夕在裏面，不覺人在福中，卻常想從前樓下就是大街，買甚麼下樓就有的方便。現在除了星期一、星期三有垃圾車來，每天郵差送信，也不一定看見人，終日不見一個萬物之靈。至於舊友，更是誰也不在眼前。內子常常嘲笑我，「你從前怨死了鬧市，現在這樣靜，又有別的不滿！」我想，即使叫我住羅浮宮，日子一久，也會怨的。

所有極富的人絕不止有一座皇宮似的巨廈；他們到處有別墅，是不是因為怕膩呢？我要勸他們不時也住一些平民的房子，這樣，重回自己的公館，才會覺得享福。

同樣，臨時雇員升為固定職員是一大歡喜。辦事員升為小主管，小主管升為高級負責人都是。做了高級人員久久不再上升，心裏就不很舒服，眼看有人後來居上，更覺得不平。快樂就是這樣難求的。無怪古人說知足常樂這句話。人如果能知足，眞可以傲視王侯，雖簞食瓢飲，也富可敵國。

抗戰期間，我在中國銀行工作。那時有位同事，人生得英俊，家裏很富有。他喜歡在風月場中活動。有一天，他對我說，「你總以為我在堂子裏很吃香吧。說來你不相信，我嘔氣的時候多，開心的時候少。你漂亮，還有人比你更漂亮；你有錢，還有人比你更有錢；你有空，還有人比你更空。不說別的，我們銀行裏的司機在堂子裏都比我強。」抗戰期間，司機是特別走時的人物，他們可以帶「黃魚」（即搭車的客人），虛報汽油的消耗，販貨物，所以收入可觀。他說，他碰到他們，都避開。我知道，極富的富翁也煩惱。他蓋了全市最高的高樓，不多久另一富翁會蓋比他更高的樓。我們不覺得甚麼，也許覺得有趣，有一天要乘電梯上去看看遠景。可是原先樓最高的主人心裏就大不受用。「你一定要把我壓下去才稱心嗎？」要等他再蓋座更高的大樓，他才滿意。這樣競爭下去，他的日子就不好過了。

有競爭心也是好的。別人的文章好，自己應該用心寫好一點；別人的德行美，自己應該多修德。譬如聖方濟要做天下第一窮人，他容不得乞丐比他更窮。不過比富、比享受、比打扮，實在不可以。就連別人的詩文好，也比不得；人家有人家的學問和天分，這那裏能比呢？才大的人如蘇東坡，不費吹灰之力，寫一首好詩，別人花一生精力也寫不出。這祇有不比，自己竭力就是了。就連德也沒法比。有人愛全人類，犧牲一切都肯。我還要留些穿的、用的，還要顧營養，留下供自己的太多了。這些都是題外話。

除了知足，還要加上知己；知道自己的限度，不去跟別人比高下，才能快樂。

實在說來，快樂最大的敵人是自己。不知足，也是爲了自己。有飯吃還要吃更好的，好了還要好，永不滿足，這是爲了口腹。何如常常勞力，帶些饑餓，樣樣食物都好吃？有了大廈，還要更大，更宏麗的住宅，看不得別人的更好，也是爲了自己，爲自己的享受，爲了驕人，爲了把別人壓下去。爭名不用說是爲己，爭不到而苦惱，也是爲己。不但快樂最大的敵人是自己，自己一切的敵人都是自己。許多人失足，害他們的往往是自己。

上面提到聖方濟，他一生受盡磨折，少年作戰被俘，後來過分刻苦，辛勞而營養不良，病得可憐，眼也瞎了，四十多歲就死了，他一生快樂，歌詠不休，最恨他的弟子愁眉苦臉。他快樂的泉源在於無己——他一心愛耶穌（實在就是眞、美、善），把其餘全忘記，當然包括他自己。我想所有愛藝術，愛眞理的人也都忘記自己。

細微

希臘人所知道的愛情有四種，愛斯基摩人的雪有許多種，埃及人的沙也有多種，這些在我們看來，都祇有一種。

想起這個世界上的種種事物，一般人大都祇知大概；祇有細心人或專門有研究的人才知道細微，和分別所在。兩個啞巴做手勢對談，我們祇看到他們手指在指劃，其實全部是語言。我們知道，基督教會有天使，天主教稱爲天神，想必就是一種了。其實是九種，天主教稱爲九品，計有熾愛、普智、上座、宰制、異力、大能、統權、總領、奉使，各有神能和職司。教外人承認不承認是一回事，教會有這種分別是另一回事。

凡是一門學問，研究得久了，深了，就更細，更複雜。就字詞來說，一般人識得字，能用字已經不錯了，但是到了文章家手上，字就有許多等級了；至少有古語，作廢了的詞、雅語、書面語、口語、俚語、詩詞用語、小兒語、行話等等，看甚麼場合，甚麼情況用甚麼字眼。譬如莊嚴的文件裏忽然用了小兒語或者俚語，那就成了笑話。或者隨便談話，用起古語或者書面語來（故意取笑又當別論），就不倫不類了。在文家手上應該一些也不能馬虎的。

中國戲裏的角色，通常有些生、旦、淨、丑。大家都知道還有老生、小生、武生。內行說起來還有紅生，最初是唱關公（羽）戲的，後來別的古人也有，如宋太祖、姜子牙等（見齊如山的《國劇藝術彙考》）。此外還有做工老生，靠把老生。小生裏又分扇子生、巾生、紗帽生、冠生、雉尾生、武小生、窮生、娃娃生。旦角大家知道的有青衣、花衫，不過另外還有閨門旦、正旦、悲旦、大旦、二旦、小旦、外旦、副旦、色旦、潑辣旦、貼旦等名目，是大家不熟悉的；大家比較熟的恐怕祇有武旦、刀馬旦。香港的明星蕭芳芳是學刀馬旦的，所以她改學舞蹈很容易。不用說淨、丑也有多種，這裏不能全記下來。總之，外行祇知道大概，內行就細分了。

中國的律詩講對仗，就是做對子。我們知道的是名詞對名詞，動詞對動詞，虛字對虛字，數目字對數目字，已經不少了。可是內行說起來就多了。名詞裏面，天文對天文，如日、月、風、霜、雨露等等互對。時令對，年、歲、春、夏、秋、冬等。地理對，如水、土、山、川等。還有宮室、器物、衣飾、飲食、文具、文學、草木花果、鳥獸蟲魚……數下去總有幾十門類。此外對法花樣也多極了，有一句裏面自成一對的，如「江山遙去國，妻子獨還家」（高適：〈送張瑤貶五溪尉〉）裏，「江」「山」互對，「妻」「子」互對（均見王力：《漢語詩律學》）。我也不能全舉。看了古人做對子用心之苦，眞嘆觀止，這雖然未必是好詩，不過和美國少女扔棍子，接棍子一樣，要很有點本領才行。我要說的祇是對法很多，不是一般人知道得清楚而已。

中國人看高加索種人一百個似乎個個一樣。我記過一件事，就是勝利後在江西九江街上看到美國某水兵，承他邀我上他的兵艦，到了艦上他和別的兵站在一起，我簡直認不出他來。他們眼睛裏的中國人，好多個在一起，也是一個樣子吧。我們看中國人，個個都不同。個個有特點。

原始人在森林打死一隻鹿也好，捉到一頭野豬也好，射下一隻雁也好，他們的吃法就是燒烤一樣。後來進步，有炒、炆、熬、烘、炸、煮、煎、煨、熗、熏、燉、燙、燜、燴、等等烹調的方法，這是火部裏的。水部裏還有涵字。同是鷄，有炸八塊、炒鷄丁、紙包鷄、油淋鷄、白斬鷄、脆皮鷄、川椒鷄、豉油鷄、紅油鷄丁、五香鷄、烤鷄、清蒸鷄、叫化鷄、棒棒鷄、紅燒鷄、宮保鷄丁、六珍鷄蓉、熏鷄、涼拌鷄、糯米鷄、鹽焗鷄、麻油蜜汁鷄、醬爆鷄丁、烤洋葱鷄、甜酸鷄、貴妃鷄、豆瓣鷄、滷鷄腿、芙蓉鷄片、葡國鷄、咖哩鷄、翡翠絲絨鷄、痲辣鷄、紅燒香菇鷄、醉鷄、怪味鷄、紅燒栗子鷄、油鷄、九層塔燉鷄、子母豆鷄片、酥鷄、椒痲鷄塊、文昌鷄、雙冬鷄塊、一鷄三味（五味）、水晶鷄、靑椒榨菜鷄絲……

中國人在吃的方面比誰都先進，上面祇有葡國鷄是葡萄牙人介紹過來的，其餘全是國粹。這許多樣任何一國名厨也做不全，連聽也沒聽全。

說到顏色，我們似乎祇知道紅、黃、藍、白、黑，加上紫就不少甚麼了。照《韋氏第三新國際字典》彩色名稱表裏，從粉紅色到黑，共有二百六十七色，單是紫就有二十種不同，黃和帶黃五十五種，綠和帶綠九十六種。說起來叫人一驚。這方面我們的知識和深度近視眼的人取了眼鏡，看甚麼都一片模糊一樣。

多年前，有個朋友想買羊毛，我替他寫信給澳洲的朋友去打聽。他一接觸，才知道羊毛的種類、等級繁多。我們肉眼看紙，厚薄略有不同而已。做紙生意的看起來，分別就大了。除了磅數不同，紙的質地、構造、色澤，不知有多少等級，那種需要用那種紙，學問很深。

攝影機的速度，普通可以快到五千分之一秒，精密的可以到萬分之一秒。憑我們平常對速度的觀念，想像不出這是多快。

每一門學問都很迷人，因爲許多現象和我們知道的大有出入。我們的時間和精力有限，也祇有推馬虎，遇到專題，請敎專家。我相信大多數的人吃不盡中國各種燒法的鷄，懂得世上的人有多少種疾病。我不久要去圖書館，查一查希臘人的四種愛是那四種，愛斯基摩人的雪有那幾種，埃及人的沙有那幾種。別的無數的細微我就都不去查究了。不過爲了給一個題目引導，我又會費工夫去找某一科，某一門的細目。不是寫這篇小文，我還不知道我們有這麼多種鷄的吃法呢。

吸哀紙

我一想到人，就想到老子所說，天地不仁，以萬物爲芻狗；想到釋迦二十九歲偶然乘車出遊，看見衰病的人和死者，動了憐憫的心；想到耶穌看見羣衆，心裏不忍。電視和報紙每天少不了報導戰爭、意外事件、槍殺、刼殺、女子受害、兒童失蹤，叫人心驚難受，因爲自己也是人。

我讀歷史，常常驚於人的殺戮之多。第一次世界大戰軍人陣亡的一千三百萬，受傷的人在二千六百萬之譜。世人感到戰爭可怕，於是組織了國際聯盟，以爲這樣一來，人就不再互殺了。這個組織後來成了笑話，甚麼作用也沒有，於是有第二次世界大戰。這一回「青出於藍」，死亡人數達四千到六千萬，傷的不算。光是蘇聯就死了兩千萬，德國人屠殺猶太人六百萬，比起日本屠殺的中國人來算不得甚麼。若不是核子武器可怖，四十年來恐怕早有第三次世界大戰了。不過這個可怖能維持多久呢？小戰不是已經有很多了麼？

我覺得吃驚的是人忍受痛苦的能力。話說回來，不忍又怎麼樣？二次大戰死亡的六千萬，這些人大多數有親人，這些人活着永遠忘不了他們的父母、弟兄、姐妹。世界看起來似乎太平無事，大家照平常吃喝、安眠、遊樂。祇有內心深藏着悲哀，留下疤痕。我眞想說一句：痛苦，你的名字是人！

人殺人比殺昆蟲還要無動於衷。從古到如今都一樣。周赧王四十三年，秦師大敗楚師，斬甲士八萬。五十五年秦敗趙師，坑降卒四十萬人。此後這一類的記載很多。就如漢獻帝四年，曹操攻陶謙，殺男女數十萬口於泗水，水爲不流。死的死了，活的受罪。

如果痛苦可以用化學方法把它提煉出來，不知道要塞滿多少坑谷。記載下來，也是極大的百科全書。慘死的人數字是天文學上用到的。昨天電視上有個節目，主持人問一羣兒童對上帝的觀念，各人侃侃而談，和所受的家庭教育有關，不值得驚奇。有個女孩說，上帝既然仁愛，何以有許多車禍，有許多病？這個問題要神學家來解答。事實的確叫人覺得天地不仁。我每天都聽到南非黑人被警察打死的消息，也看到警察打人。甚麼地方掘出亂葬的大批屍體——祇剩下骸骨了。飛機失事，去年特別多，人數上了千。現在又添了新的屠殺，恐怖分子的突襲和埋藏炸藥。現代醫學發達，人可以換心，嬰兒的死亡率低，造成人口膨脹，相反的一方面，人殺人再不是一刀一個，而是一炸成千上萬，瞬息之間毀滅全城。人享前人未享之福，也受前人沒受的苦。伊拉克用毒氣殺傷伊朗人，受傷的人眞正疼痛，受就受了。戰場上確有捨不得戰友受傷，救不了而結果他性命的。這是另一種悲痛。

我們沒有多少文學寫出人生的苦痛；寫出的祇是極少的一部分，也極有限。「倉皇辭廟」、「故國不堪回首」、「不知何處吹蘆管，一夜征人盡望鄉」，寫出的並不多，我們祇要想一想，亡國之君和那些征人、征人的一家，受多少痛苦就知道了。猶太人被害的痛苦若不是一個名叫安・佛蘭克的女孩留下了日記，世人早已忘記乾淨了。我們的確太忙，記不了很多。記得又怎樣？歷史一再重演，人越殺越多。以現代武器的威力，若是有瘋狂的人如希特勒出現，死的人不上億嗎？天知道希特勒如果先有了原子彈，會不會在倫敦、紐約投下。日本的軍閥到了末路窮途又有甚麼顧忌？

上帝讓兇狂的人殺人，也給了人時間忘記慘痛。也許唯一可以治療創傷的不是醫藥，而是時間。日子一天一天過去，最慘的事已經淡了，傷祇留下痕。日後回想起來，還是痛的，不過痛也不會太久。人又過日常的生活了。痛不欲生，還是活下去的人多。死亡是大解脫，可是非到萬不得已，人總忍耐，等轉機。婦女生產疼痛難堪，很少因爲害怕不再生育的。忍耐、忍耐，受苦、受苦。

以叫別人受苦爲樂的人究竟少，殺戮的大原因是忿恨、疑懼，尤以出於自衛的居多。秦趙交戰，趙師大敗，四十萬人已降，還要坑殺做甚麼？是因爲武安君說：「秦已拔上黨，上黨民不樂爲秦而歸趙，趙卒反覆，非盡殺之恐爲亂。」所以才騙他們，完全坑殺掉！這個「恐」字最可怕。人到了恐懼的時候，就顧不了別人了。小偷本爲了竊盜，等到被人發覺，要攔住去路，或束手被擒，就不顧別人死活了。

人能忍苦，忘記苦是天之厚賜，我們不能因此就毫無顧忌地去害人。吸墨紙吸多了墨，滿紙是斑點，再吸就不中用，要扔進字紙簍了。人吸哀太多，神經麻木，也不能再吸，心靈摧折，恐怕祇有死才能解救他。江淹寫過〈恨賦〉，末了說，「自古皆有死，莫不飲恨而吞聲」。他其實可以說：「自古皆有恨，莫不待死以吞聲。」

上面提的曹操殺人數十萬，是因爲他父親一家遇害，他要報仇，不惜殺這麼多無辜的人。恨是極可怕的，人有了恨甚麼事都做得出來。我常覺得教人犧牲自己愛人，不容易成功，可是人恨人不用敎，天生會。教人不要恨人難如登天。希特勒殺猶太人恨的因素很大。巴勒斯坦解放軍的恐怖行動也是爲了洩憤促成。於是乎受害的人就多了。

天生人能忍苦，並不是說因此人要受苦。幾千年來聖哲要免掉人受苦，想盡了方法，費盡了唇舌，寫下了金言。而世人並沒有聽話，沒有多少進步。以核武器和其他更能殺傷的武器的威脅而論，將來人這張吸哀紙怕沒有了用處，因爲一旦戰爭爆發，沒有人需要吸哀了。

我每想到父母把兒女生出來，撫養教育，費盡心血，多不容易，人遇到災禍、戰爭，卻喪亡那麼多，那麼不算一回事；傷、殘、作踐，豬狗不如。人千萬年來吸哀，到現在還沒有智慧來保全自己，這算得萬物之靈嗎？

丙寅春分

形象的力量

多年前我在香港，那時民間發起公益金，有人叫我替公益金設計一個徽誌。我想到貧苦的人水深火熱，需要人援手，就提議畫兩隻手，一隻手在上，一隻在下，上面的手攙住下面的，下面可以畫火焰或波濤。這個意見沒有獲得採納；末了我看到的是一座寶塔。

前天看英國散文家畢額本的文章，有一篇他提到愛因斯坦的相對論，據說除了愛因斯坦本人，世上祇有兩個人可以說懂得這個理論。畢額本想到牛頓的蘋果和瓦特的水鍋。現在大家都知道地心吸力（或引力），因爲大家都記得蘋果掉下來，觸動了牛頓的想像力；也記得蒸氣機是瓦特看了水鍋冒汽才有啓發，發明這個機器的。相對論有甚麼呢？他有一次碰到愛因斯坦，問他怎麼想起相對論的。愛因斯坦說他記性不大好，想了一會，才說他看到了火鉗，兩條平行線，卻在極端碰了頭。畢額本說，「愛因斯坦博士，您該讓世上的人知道這個故事。」可是到今天我們還不知道。

這一段文章使我想起公益金的舊事來了。我的設想並不壞，可是兩隻手的形象太散漫，不一目了然，不及一座塔。形象就有這麼重要。

我立刻就想到十字架。一橫一豎相交，再簡單也沒有了。可是多麼明顯而含義無窮啊！這個符號可以代表整個基督教世界，基督教教義、神學、傳統、教會、信衆、歷史……一定有人，聰明博學的人，寫過詳細的文章，闡述十字的意義。我也沒有去探討、搜尋。你說它代表天人合一也好，說它指基督和世人的苦難也好，或者甚麼都不說也好。總之這一橫一豎代表了這個信仰，這個宗教。據說最早的刑具是T形，也叫希臘十字架，中國人可以叫做丁字形，後來才演變成拉丁的十字，我恐怕T形絕不及十字，因爲主要在兩線相交。

把十字的四個脚成直角折一折，就成了卍或卐。這個字本來是梵文 svastika 轉來，意思是「興隆」，轉爲「幸運」，也是十字架的變形。我不懂佛教爲甚麼不大用，美洲印地安人倒用的。這個記號多容易深入人心！萬料不到給殺人魔王希特勒拿去做了他納粹黨的黨徽。按西方人早就知道這個符號，納粹黨採用的是一筆向右折的那一種。今天人一看到這個符號就想起第二次大戰初期德軍的恐怖政策，戰無不勝，殺人質、殺猶太人，雅利安人至上，接着想到希特勒的瘋狂和末日，納粹的滅亡。今天美國的納粹黨還在，他們高唱白人至上，和三K黨一氣，仍然在用卐徽。他們給一般人的印象極其不良，這個記號代表的是醜惡。

由十字架我又想到新月。這個記號代表的是土耳其和伊斯蘭教。據說奧斯曼蘇丹夢中見到新月，不斷擴大，末了從東伸到西，所以他就用來做旗幟上的徽號了。現在十字架和新月相對，一個代表基督教，一個代表回教。等於《聖經》和《可蘭經》一樣對立。巴基斯坦、新加坡、馬爾代夫、阿爾及利亞、科摩羅羣島、茅里塔尼亞、特尼西亞，這些國家的旗幟上全有新月，也代表他們國家至少有一大部分人信奉回教。不消說，基督教國家的國旗上用十字架的也不少，首先我們想到的是英國的國旗，上面是重疊的十字架。丹麥、挪威、瑞典、冰島、瑞士、希臘、馬爾他的旗上都有。這就顯明地分成了兩個集團，回教的，基督教的。共產國家用紅星或紅地黃星，自成一個集團。這三個記號代表了這三種思想、信仰的一切。友好的自己人看到了就把所有的優點、美德，敵對的一邊就把所有的弊病、邪惡都加在那上面。區區一個十字、新月，或星，有無窮力量。

除了十字架，世上再沒有比太極圖更微妙、神秘，而含有深意的了。一個圓，從當中分爲兩半，分開的線是S形的，一半黑，一半白，白中有個黑點，黑中有個白圈：

這個圈可以代表宇宙的一切，愛因斯坦大可借用，發揮他的相對論——這是十足的相對。可惜他人已經不在了，否則我會向他建議。現在世界上唯心、唯物兩派爭論得很厲害，各有一套理論，眞像一陰一陽。民主和集權又是兩大壁壘，水火不相容，也像一白一黑。八卦又是偉大的發明，說明世上所有的變化、配合，怪不得韓國國旗上也用到了。光是陰陽圖和八卦就可見中國人聰明得可以了。

英、美兩國都是強國，英國的國徽上多有一頭獅子，美國的則是一隻鷹；一是百獸之君，一是飛禽之雄。別的國家找不出更獰猛的禽獸來了。有之，虎豹，但是沒有人用。蝮蛇嗎？有種國家專門吞噬別國，奴役弱小，用蝮蛇做徽記很相宜；不過他們恨不得用鴿子呢。他們不離口的是和平。國旗上沒有誰用鴿子，可見人僞善還沒有到極點。蘇聯的國旗上用了鐮刀和槌子，這兩樣配合起他們的種種行動，如蠶食四鄰，佔領阿富汗，控制東歐國家，代表的就不是工農，而是恐怖了。幾乎和卐相等。

工商界用標誌絕不後人。美國《讀者文摘》用的是希臘神話裏的飛馬，足踏之處有泉水湧出，詩人喝了就有靈感。律師的廣告上用戳子，他們可有資格？我以為祇有法庭才可以用這個形象。律師時常替惡人辯護，完全合法，脫惡魔於罪，使受害的人含恨，這也能算公正嗎？我不知道。我喜歡航空公司的鳥的標記，三筆兩筆畫成，非常生動，看得出畫家的巧思和技能。

$怎麼樣？據英國牧師布魯爾博士（E. Cobham Brewer）說，這個符號作興是由8轉變而來的，因為西班牙值一元的古銀幣上就有8這個數字。我們總以為是從 dollars 裏面抽出來的兩個1，一個S湊成。我最近見到袁世凱寫的「元」是這樣的：

元

這倒很像個符號，可以給國粹派的人用來代替$。

現在有個電視傳基督教的人出了事，他要信衆捐款，不少奉獻撥歸己用，生活豪奢，住的是華麗別墅，乘的是名貴汽車。他已經承認做了耶穌關照弟子不許做的事。一般人想到他不免想到$，不是十。無數追隨他的人都說願意原諒他，他如果肯懺悔，也是好的，因為耶穌一直在教人悔罪，不管多大的罪。不過今後他最好過貧苦的日子。$改成十多麼容易！是這樣的，把S拉直，成爲一，把兩個1疊起來，成爲一個丨。有人說，西方人熟悉的萬字是向左折的一種（卍），希特拉把左折的扭向右邊（卐）；他要反常。我們如果走歪路，十字架就成了$了。歷史上一直有人在扭曲這個，弄彎那個，以適合他們的方便。古人早說過託古改制的話。孔子、耶穌的話無不可以加以利用。魔鬼試探耶穌，就一再引《聖經》。祇有傻子才死抱住一句話呢。

人爲萬物之靈，有時也不頂靈。跟人講抽象的道理，他總不大了解。但看詩人用了意象，表達情景就鮮明，可以爲證。韓偓有一首詩寫由沙縣到龍溪縣，軍隊過後，洗刼一空的情形：

水自潺湲日自斜，盡無雞犬有鳴鴉。
千村萬落如寒食，不見人煙空見花。

全部沒有一個悲嘆的字，僅僅列出流水、落日、鳴鴉、開了的花，和看不見的鷄犬和人煙。最笨的人讀了也感到景象的淒涼。牛頓給我們說地心吸力，我們一時明白不過來，但是樹上掉下蘋果來就大不相同了。我們也看到過，立時就能恍然大悟。聰明人不但會用意象寫詩，當然也會利用形象欺騙大衆，英國的皇冠和中國以往的龍，都是把皇帝的威嚴尊貴提到極高的手段。這兩樣本身一無所有的東西，人會造出來，把大家鎮住。富人的司機可以穿得像將軍，管家可以穿燕尾服，這樣別人還敢小看他們嗎?把十字架拿來一用，正說明少數人的聰明，和大衆的易於受騙。

丁卯復活節

說自己的話

我的二伯父最喜歡談牌經。他一肚子是幾十年打牌的奇聞佚事。這些事偏偏給他碰到，他又偏偏記得。我往年沒有記下來，有點遺憾，現在全不記得了。譬如他會說，某一次他扣住下家一張絕三萬，手上的牌拆得七零八落，末了另一家和了。這時他輕輕揭開手上的三萬，給下家看，並說，「我不能放這張牌給你。」他對我說，下家氣得臉都青了，我還記得他得意的神情。他能把全部經過從頭說出，怎樣起手，怎樣做牌，怎樣上張，怎樣成功，牌友怎樣鬥法，怎樣避重就輕，放張子讓小牌和了，叫另一家清一色做不成。他說起來像背書，很長一段書。而且喜歡講，幾乎一有機會就講他得意的成就。

他跟我講，其實是對牛彈琴，因爲我一竅不通。如果跟另一位高手講，我相信那一位會把他的得意傑作提出來對比。「你這一牌不希奇，我那一次啊……」我彷彿碰到過這種場合，和比一盤網球賽差不多緊張動人。有時候他們會爭得面紅耳赤。

橋牌（這個譯名並不太妥，因爲英文 bridge 作牌戲解的字源不明；和作「橋」解的那個字的完全不同）好手想必也記得許多牌局，談起來滋味無窮吧。

我腦筋裏除了二伯父的牌經之外，印象最深的是票友談名伶。他們的腹笥驚人，幾乎是全部梨園史。凡是有名的伶人一舉一動，個人嗜好，拿手好戲，學藝滄桑，成就的定評，細到穿衣吃飯、交遊範圍，某字某腔，某劇某動作，他們談起來，如數家珍。往往一晚的聚會，就在一個人或兩個人講述伶人的佚事中度過。這也毫不稀奇，在西方，每晚有半小時電視廣播的娛樂新聞，幾乎每戶人家都收聽。在往日中國，名伶的一舉一動，也是大家喜歡知道的。我忝爲票友，當然聽得很多，也沒有一一錄下。我印象最深的是伶人學藝之難。我不但聽得多，也看過些伶人自己寫的回憶錄裏提到。科班大多數是貧寒人家子弟，送去習藝，父親要簽約，據說給師傅打死了科班也不須負責。父子分手，有如死別，往往淚零。的確有人給打斷骨頭，終身疼痛受苦。伶人的風流勾當更是大家津津樂道，百聽不厭的。

現代的青年喜歡談汽車。不是在這方面留心的人，連嘴也揷不上。當然最熱門的是跑車、新車、新機件、新的效能，不斷出現，都是談話題材，外行完全不懂。我有一次在一處悶坐了一個鐘頭，聽的全是這方面的外國話。許多車的牌子我從來沒有聽見過；許多機件的作用我當然不知道；駕駛的技巧我不懂。我欣賞他們討論的熱情，看了會想起票友談戲。

我此刻想到法國的文藝沙龍。我想到那些文壇的知名之士大談古典和當代的文學、藝術、音樂，各有深而長久的研究，若不是學有根柢，此道中人，怎麼能搭話呢？我敢斷定，月旦人物，大家意見會不相同；大家的爭辯也會很不愉快。有人高談濶論，會目無餘子；有人朗誦自己得意的作品，會旁若無人。不是文藝界的人也擠不進這個圈子，萬一不幸在座，也會苦不堪言，雖然圈子裏的人非常快樂。我在香港宋淇兄家裏參加過的聚會，幾乎像法國的沙龍，在座的清一色是作家，大家談得痛快，也喝點酒，更增加興致。一晃二十多年過去了，許多人已經星散，以後似乎再沒有過這樣的場合。

世上不知有多少小圈子，醫生、會計師、律師，這些專業人士都有許多專門名詞、術語、本行的秘密，他們談起來，別人不懂。我曾經在香港律師事務所做過事，知道律師有個團體，他們約會的通知印成法院傳票的格式，用的字眼全是法律術語，也可以說很詼諧。外行人即使英文很有程度，也不能一目了然。可想而知，這些律師到了一起，會用許多法律上的語言，別的行業的人聽了祇有發楞的分兒。

我們喜歡說自己的話，上海人損人的話有一句是「自說自話」，譯成國語是「莫名其妙」，「不識時務」，我很欣賞。談牌經、談名伶、汽車、文藝，都是自說自話，其樂無窮。人有時會很寂寞，那是因為沒有人聽他說話，不得已就種花草，哼哼唱唱吧。

時髦

時髦是很可怕的。多年前美國《新聞週刊》每期把新字加以注釋刊出來，給人參考。後來停了。英文新字不斷出現，很多自然而然給時間淘汰掉，再也沒有人重用。少數站住了，擠進字典，也許長久，也許過些時又給人遺忘。我們永遠不知道那些新字享長壽。

時裝專家不能站住，他們永遠要翻新，這樣才有生意，趕時髦的人才能與衆不同。這且不說，連學術也有時髦。往往有人創一個新學說，一時大家喜歡這派學說，造成風氣，弄得別人非跟不可。過了些時，又成了冷門。第一次大戰在瑞士一批作家提出的達達主義，時髦過一陣，今天已經沒有人傾慕了。那批作家的名字我們都很生疏，在當時他們是鋒頭人物。接着代替的是超現實主義，到了二次大戰開始，這個主義又成了明日黃花，雖然留給英美現代藝術和文藝的影響還在。

我碰到新的風氣總想等一等，等它冷一下，再去細細研究。我這樣就成了終身落伍的人。過去幾千年的確留下了好東西，研究不盡，欣賞不盡。我們自己的，別人的，都不難弄來，供我借重。中國的古籍、近人的名著，已經有了定評，不會寃枉花我時間，引我走上歧途。至於那新出的，自有別人好奇，做時代的先鋒，去發掘、表揚。

有一段時期，男子打網球算是娘娘氣，要避免的。現在男子溫文爾雅，也不算英雄。社會上這種風氣全沒有道理，祇是一時少數人的傾向，影響大家。

我每看唱歌明星的奇裝異服，喊叫得大汗淋漓，跳蹦如狂，就受不了。還有燈光、煙霧，照耀瀰漫得如同身在鬼域。這算藝術嗎？但正是時人所好。我想到別的方面，也有類似的情形。走正軌，不容易引起注意，於是有人用奇異、粗糙、囂張、狂亂等等的作風，打動大衆，成爲明星。他們和明星差不多。

遠在民國初年，上海名書家李瑞清（大家熟悉的名字是清道人），寫鄭文公碑著名。他的好友都知道他寫極好的趙字（仿趙松雪的體），可是趙字當時不吃香（現在也還是不吃香）；鄭文公碑筆畫有波瀾，當時很新鮮。這一體並不壞，李瑞清也寫得很好，但是若是說比他的趙書好，就未必。清末的館閣體要寫得黑大肥圓，才算好，楷書如靈飛經，就不時髦了。風氣並不是現在才有的。

狂叫狂跳的歌手不一定永遠受歡迎。規規矩矩唱的人也可以站住的，如梅蘭芳、平克勞斯貝。時髦會成爲明日黃花，除非有眞價值。另一個風氣又起來了。

時速四十哩

「你偷別人的錢不要緊，五塊錢，七塊錢，偷就偷吧。可是不可以偷到十塊錢，這一來就犯法了……。」

上面這段話似乎不成話，也不會有人說。可是世上正有這類怪事。美國公路上，明明限制汽車行駛的速度，照不成文的慣例，超速幾哩，交通警察查到也不管，要超過十哩，才要處罰。從前的超級公路上時速往往是六、七十哩，有人開車總快到七、八十哩。自從鬧油荒以來，爲了省油，限制到四、五十哩，開車的就開到六、七十哩。據說減速以後，每年出事少了許多。笑話就在這條法律有寬容，有人提出質問，爲甚麼不改得合乎實情，政府始終沒有理，不知道是甚麼緣故。這件事恐怕普世如此。

法律似乎是人人可以侮辱的。人對法律有兩種態度：一是悍然不理，一是加以玩弄。你到大百貨公司，超級市場，大部分貨物的定價是多少元九毛九分，一塊九毛九，十九塊九毛九，諸多此類。你會奇怪，爲甚麼不加一分，湊成整數呢？

原來這一分之差，稅的差別就大了，這是店家替你省錢。並沒有犯法，是和法律鬥法，而政府無可如何。政府抽稅，用累進法，總得定出金額，這一來，不管定多少，總可以少一分。

開車超速犯的罪小，世上殺人放火、盜竊邪淫的事，犯的罪大，卻照樣有人幹。隨地拋棄穢物，法有禁例，路旁還有牌子上寫着「罰款」多少大洋。可是我們到處看到垃圾，那有多少人受罰？至於停付贍養費，逃稅賴債，盜用公私款項，更是普天下皆有。美國學生借政府的錢讀書，許多人做了醫生、律師、會計師，也不歸還。現在政府赤字太大，才緊起來。

說來奇怪，依法入境居留，美國政府辦得很認眞，而非法入境卻很輕易。這些沒有身分的人，是廉價的勞工，自有貪便宜的雇主收留。這些人給人剝削，不敢抗議，生了病也不敢找醫生，可是待遇比在國內的仍然好不少。也有人不堪孤寂自殺的。他們沒有社會福利，沒有養老金，雖然犯法，非常可憐。

*　*　*

有時候，有些地方，法律似乎有，也似乎沒有。有人守，也有人不守。一時緊，一時鬆。法律有知，一定會啼笑皆非。也怪執法的人態度不一，才有這種現象。認眞執行起來，就有許多人會坐牢，大喊冤枉，也有些道理吧。不過法律老早就在那裏了。有時法律會突然修改，如死刑忽然恢復，有人要坐電椅，據說此舉不公道。

我們總以爲，法律是鐵一般的，一是一，二是二。這種想法太天眞了。其實除了殺人，或引起重傷、死亡，許多人違法都可以逍遙法外。法律上有所謂「告訴乃論」，就是要受害人去控告，法律才能論罪。丈夫和別的女人通姦，妻子挨了丈夫毒打，誰妨害他人名譽，醫生醫錯了病，都算違法，可是受害人不講出來，也就算了。所以很多惡事，有人幹了又幹。法律不是萬能的上帝，把觸犯了的人按罪情輕重一一處罰。任何國家不能派警察二十四小時監視每一個人，或保護每一個人。

我們可以想像得出，原始人沒有法律。後來有了社會，出了亂子，人爲了自己的安全和福利，才一條條定出法律來，又派了人執法。可想而知，人越進步，法網越嚴。文明國家的法律不知有多繁密，執法的人也多。一般人懂不了許多，於是有律師這個行業。他們說是保護人的，可是要收一筆保護費，有時是巨額金錢。窮人出不起錢就倒楣了。

商家定價，大家知道是和政府鬥法，殊不知生死攸關的事，也有人可以弄花巧。行刺雷根總統的兇手家裏有錢，請了會打官司的律師，還有精神病專家，硬說他神經失常，不知道自己幹了甚麼。結果陪審團說他無罪。這倒也罷了，可是把他關進醫院不久，精神病專家又說他人已經正常，該放他出來享受自由了。

這種兇手都判無罪，就有人想到要修改法律了。免得以後的人行刺總統，也不用害怕。凡法律都不免有漏洞，有漏洞，聰明人就會鑽，佔盡便宜。憲法也可以修改的，一次又一次。

* * *

不但各國的法律不一樣，美國各州的也不盡相同。有些地方離婚容易，居然可以招徠遠人，大做生意，和旅遊業務一樣賺錢。怎麼才算法律呢？

國際法更是可笑。連最文明的國家也犯殘殺戰俘的罪，兵荒馬亂，查都難查。大致是誰的武器犀利，誰就可以犯法。國際法庭是最叫人可憐的。聽說法官待遇很不錯，政簡刑輕，空下來可以下棋，寫小說。我深恨沒有資格去申請這個缺。

不過違法的人雖然可以不受法律制裁，我觀察世上的人，連國家在內，發現這種行爲總有後患，且不說天網恢恢。罪惡似乎是魔鬼，又像毒品，惹不得。人偷了一次東西，絕不會就此洗手。總是一次一次繼續偷下去，一直到有一次給人捉住了，後悔已遲。黷武的國家可以威風一時，佔領許多別國，勢不可當，結果往往兵敗滅亡。法律可以不顧，也可以玩弄，後果是自己承當的。開汽車超速，自己的命都會斷送。

從另一個角度來看，世上自有眞君子，眞正的善人。這種人叫他欺負別人，比殺他的頭還痛苦。不義之財，分文他也不取，寧可挨餓受凍。不用說殺人，絲毫傷人感覺的事他也不肯做。一切法律對他都是虛設；他自己有法律。大多數的人不殺人不是畏法，是殺不下手。不犯姦淫是不想損自己的尊嚴，也尊重別人。

人和動物一樣，有猛禽、猛獸、專捕殺比自己弱的，血腥是家常便飯。不但獅、虎，這種巨獸，小如豺狼也吃不來素。而龐大如象，稍小的如牛、馬，卻都是善良的傢伙，有草吃就夠了。

幸虧我們社會上到底是善良的人多，否則這日子怎麼過得下去呢?不過少數惡人能害許多善良，法律還是要有的，給人玩弄、不理，也祇有隨他去吧。

丙寅立秋

誰安全？

很多事都是爲了安全做的。爲了安全，世上才有保險公司，這是很多億美元的生意。求學雖然主要是爲了有知識，不枉在世上做人，結果大家是爲免了挨餓，所以父母才逼子女讀書。看報爲了娛樂的人多，不過最重要的還是爲了安全。大家生怕世界上發生了許多事，有的會影響自己的安全，而自己還睡在鼓裏。

最給人安全感的要算金錢，人似乎覺得，祇要有錢，就甚麼都不怕了。可是究竟要有多少錢才安全呢？確有人賺了千萬、萬萬元，還沒有安全感。說來奇怪，錢多到上億，危險也會比例增加。友人某兄，認識一人，當年同事，是上海話所謂「腳碰腳」的朋友。現在那位先生成了鉅富，朋友和他到一處喝茶，他身後總站了彪形大漢數名，替他保鏢，叫人心驚膽怕，他們兩人，誰比較安全呢？

權力似乎在其次，有權可以站在保險的地方，叫別人到煤礦裏去（這是我打的譬喻）。

可是歷史上不少最有權勢的人是被人行刺死的。遠一些的有林肯，近一些的有甘迺廸，這兩位美國總統，都是世界上最有權力的人。惡魔希特勒被行刺沒死，死於自己的手上。他的權力不算小。有權、有錢還有保存的問題；沒有一個人不想搶你的所有，而權和錢是最叫人眼紅的。手上有這兩樣東西的人總不很安全。有了權有時性命難保。

除了保險之外，世上還有許多行業和安全有關。美國有無數教人練身體的書，練跑、練柔軟體操、練瑜珈……另外是叫人減肥的，叫人怎樣吃，免得發胖。（說來奇怪，世上的窮人吃不飽，餓着肚子上床睡覺的數字驚人，偏偏有營養太豐富的，要減食才能活下去。安全的界限如此難分！）說到健康，當然最重要，可是不少人把身體練壞。美國一位練跑專家，寫書暢銷，賺了百萬以上，自己就在跑着的時候，倒地身死，原來他的心臟不好，跑也不能救命。有位女星練傷了腰，戲都拍不成。另一女星減肥餓死。最近有兩名體壇名將，身體好極，正在少年，卻因爲用了興奮藥品猝死。也許身體差的，不敢碰這些毒品，反而沒事。

中國人進補和美國人減肥，爲了安全，是同類的行動。我已經提過補品無用，現在不再贅論。

秦始皇、漢武帝求過長生不老之方，都死掉了。現世既然不能久留，人不免想到死後的生命。這是件好事。我自己相信宗教，不須替我奉的教宣揚，您自己去研究吧。宗教給人安全感，各教有各教的說法。說這是企業都可以，因為宗教需要人去幹傳教的工作，也有上億銀錢的出入。人既然需要這方面的安全，狡猾的人就加以利用，有人因此上了大當，甚至被害，也未可知。

國家的安全比人的更加重要。人類的歷史幾乎是戰爭史。太平的日子少，打仗的時候多。羅馬帝國、蒙古人建的朝代，不免淪亡。德國人要爭取生存的空間，一度幾乎征服了世界，反而把國家分裂為二。英國在近代號稱最大的強國，全世界有領土，國旗沒有日落的時候，海軍尤其厲害，兩次大戰，差一點兒淪亡。目前美蘇各自感到對方的威脅，不能安枕。世上有亡國之痛的，歷來不知多少。那一國也沒有安全感。

不但人類，連昆蟲都知道保全自己。世上絕種的動物之多，科學家已經在大聲疾呼，要大家注意了。以鷹之強也在科學家呼籲之列。虎是百獸之王，不免要人保護。森林、海洋都是戰場，無數的生物被更大、更強、更毒辣的同類或異類吞噬、撲滅。牠們不能求救、不能記錄，據人類的科學家說，這樣殺戮才能維持生態的均衡！這不由得我不想到世界人口的問題。以往人活得沒有現代的久，嬰兒的死亡率高，產婦往往喪命（盆邊上走馬），交通失事容易（行船走馬三分命）。每有戰役，軍士集合，容易有流行病，常常死很多人。（單提曹操攻打東吳大敗——著名的赤壁之戰，大軍染了流行病也是原因。）所以太平時候，人煙稠密，成了大家稱美的事情。誰知到了今日，醫藥衞生進步，嬰兒能長大的多，產婦千人中沒有一個出事的，交通難得有意外，大軍雲集也不怕傳染病發生，人口數已經上了五十億。科學家大喊，人就要擠死、餓死了。不但避孕盛行，打胎也不能免，甚至殺嬰！誰還有甚麼安全感？

無人不求安全，用各種方法，顧到各方面，而至今安全並沒有萬全。天災人禍，報上常常刊載。其中尤其以婦女、小孩為最可憐，往往給欺負、打傷、打死。那裏有甚麼安全？我能夠安然寫這篇文字，讀者，您能夠安然讀這篇文字，都是幸運的人。我們都應該得過且過，不要太為來日擔憂。如果知道誰也不是絕對安全，我們也許不去積很多錢，爭很大的權，倒反而安全了。因為說到臨了，人到底脆弱，不堪一擊。

丙寅秋分

暮年，鄉關

杜甫詩：「庾信平生最蕭瑟，暮年詩賦動鄉關」，我已經誦了半個世紀，一直到近年才更加受它感動，常常想起它。

我從走路帶跳的少年時代起，到現在五十年當中，幾乎沒有在故鄉住過。抗戰勝利以後，回到老家去了一次，此後一直在外面，要說鄉愁，早就嚐到滋味。而如今這個鄉指的卻是離故鄉幾千里的香港。賈島〈渡桑乾〉所說，「客舍并州已十霜，歸心日夜憶咸陽，無端更渡桑乾水，卻望并州是故鄉。」可以替我吟詠了。我往年思鄉，雖然覺得牽動愁腸，如今思鄉，竟有些難受。不得不覺得杜詩好，庾信值得同情。

鄉關可戀有三：一是人，二是地，三是飲食。我們不知不覺受賢人的話影響，以為人一定要有道德學問，才要親近。不知道人和人的關係祇在相識，相處得久。除非大奸大惡，人人可親。你家鄉賣油條的，沒有學問，也非聖賢，可是你時常吃他炸的油條，日子久了，他和你就有了關係。你會想會見他，看他老了，你不捨得。替你家打過雜的女工，你多年不見，又見到她，已經龍鍾了，你會喜歡問她這樣那樣。這張單子上有無數的人。抗戰八年，我在內地，和家鄉隔絕，先姐不得一見，夢寐難忘。戰後匆匆一聚，多麼歡樂。不久我又匆匆離開她，到了香港，她不到一年就去世了。所有的親故全都成了永訣！

故鄉的山永遠是最美麗的。鎮江的北固山我常去，有「天下第一江山」之稱，許多歷史的陳跡留在那裏。竹林寺、鶴林寺、招隱寺，永遠是全國最美麗的寺院，也常有我的遊蹤。金山、焦山且不去提，從十七歲起，我再沒有回去過；此後我每見到一座古刹，就拿來和家鄉的比較，總覺得家鄉的更有情。文章裏提過，美國的名山勝地不少，卻無一座廟宇，也就沒有廟裏的古物，名家書畫，更沒有廟裏的清茶、素齋，不免美中不足。（美國人到外國旅行，沒有淋浴設備，吃不到大塊牛排，覺得美中不足，我懂得他們的感受。）

在香港一住二十多年，比在故鄉還久。我初履這個本國門口英屬的殖民地，完全像到了異國，雖然在上海就學了粵語，到了香港才知道粵語不那麼容易。我對人說自以為是的粵語，他們用我聽來覺得可怕的國語回敬，消息就在這裏了。漸漸地我也變成了香港人，等到十多年前移居美國，眞覺得離開了故鄉。香港、九龍的山水，我已經熟悉，有兩三年參加爬山的團體，幾乎踏遍了各處名勝。八仙嶺就上過兩次，一次由正面，一次由背面攀登。朋友，幾乎全在香港。四年後，有機會回港，又和朋友重聚，十分歡喜，而且又結識了新的相知。因爲住在新界，出去遊覽比較少，可是沙田的景色堪稱奇絕，山光水色，也足以供我自娛了。

說到飲食。人在幼年吃慣了的、喝慣了的，總想常吃、常喝。我在江西多年，江西的魚、米出產極富，眞是老饕的天堂。可是沒有鎭江的「京江䶒兒」（麵烘的餅），沒有慈姑，我竟很想念。到了香港，本來國內的東西幾乎齊了，海味尤其多而新鮮。不過淡水的魚蝦都少，有的也不像國內所有。我們家在美國，吃的仍舊是中國菜，沒有要埋怨的，可是買不到的原料多麼多麼多啊！沒有凍的魚蝦和其他肉類都沒有。美國的超級市場大得驚人，食物新鮮乾淨，裝潢又美麗悅目，世上再沒有更好的了。可是單是蔬菜，就有很多種我們常吃、愛吃的沒有。香港、九龍那些又嘈雜擁擠、又潮濕的菜市，竟是最能買到好菜的地方！

前天寫信給遠在澳洲的一位友人說，我在香港懷念家裏的人，等重返美國，又牽記香港的朋友，人的要求太多。內子因爲要照顧孩子，留在美國，我在香港要打長途電話給她。現在每念舊友，她會說，你不如還在香港好了。

我的兒女有在成年之後來美的，最小的兒子中學沒有畢業就來了。我沒有問過他們，是否懷念香港和香港的朋友，不過看得出他們早就成了美國人，沒有舊要念的。到了他們老年，會不會與鄉關之思，我也不知道。我是他們的父親，希望他們和所在的國家打成一片，不要有庾信的哀愁。

我在美國接觸過一些高加索種異國移居來美的人，發見他們都會想到他們的故國，吃幾樣故國的菜，在美國已經有了多代，也是如此。德國人用濃鹽水醃一種魚，生吃。義大利人總吃他們的粉麵、肉餅。此外，印度人吃印度咖哩，日本人喝他們的茶，吃他們的菜。不用說，中國人多數吃中國菜——世上別種菜當然可以果腹，可是天天吃怎麼吃得消！

我不免想，人祇有在本國才能完全快樂。除非少小就到了外國。不過卽使是白種人（就是高加索種），種族、國籍不同，彼此歧視，仍舊很深。義大利、波蘭、愛爾蘭人、猶太人，在美國仍舊是異族，英國、德國、瑞士人，才夠威風。在北卡羅來納州，早十幾年來的中國人租不到公寓，買不到住宅。我們來了十多年，幸好沒有受到歧視。儘管如此，和美國朋友也難有深交，主要是沒有很多話可談。中國人在美國平均收入竟在一般美國人之上，體面的人越來越多。這個趨勢可能引起公衆嫉妒，是否會惹出別的痲煩，我不能預測。

鄉關，也不是一成不變的。我三十多年前回到故鄉，很多親人不在了，地方似乎也變了。這次如果回去，變遷更大、更多。連香港也有些不同了。幾位至友已經去世，好幾位朋友他往。聽說物價很貴，街上人更擠。但最喜歡逛的舊書店，多年前就沒有好書賣了。我如果回去尋找舊夢，恐怕會有些失望吧。

我平生也可以說不免蕭瑟，現在雖然仍舊有不少體力勞動，說是少壯也可以，保持衝勁，總到了暮年了；我心裏深深懷念鄉關。

丙寅清明

兩種傾向

1. 復　仇

人好報仇。

不幸而有仇，祇有自認倒楣，忘記它算了。如果不服氣，一定要報復，自尋苦惱。有時候毀了終身幸福，有時候再補上自己的性命。

有人受到很大的損害，付的代價極慘痛，卻從來沒有想到報復。這並不是他的心胸寬大，有了不起的地方；實情是他吃不消報復的辛苦，沒有能力做這件事。他已經吃了苦，不能再增加了。也不抱着陷害他的人現報的心。他們將來有些甚麼後果不與他相干。他能做到的一點是忘記這些痛苦的事。

大家都熟悉的莎士比亞悲劇〈羅密歐與茱麗葉〉裏面蒙特鳩、卡帕萊特兩大家族是世仇，偏偏兒女相戀，結果因爲仇兩個戀人送了命。到末了兩家和好了。仇是禍源，對誰都無益。

說到報仇，叫人心驚。《史記・秦始皇本紀》：秦王到邯鄲，凡是過去和他在趙國出生的時候和他母家有仇怨的，全活埋了。又〈留侯世家〉記載漢高祖大功告成，封了功臣，誅了生平有仇有怨的。人一旦做了王，做了皇帝就有力量報仇了，報得多可怕。《魏書》裏說曹操「故人舊怨，亦皆無餘（這是說誅滅他們）……桓忠爲沛相，嘗欲以法治太祖（曹操），沛國桓邵亦輕之（看不起他）……陳留邊讓言議（言語議論）頗侵太祖，太祖殺讓，族其家（全家都殺掉），忠、邵俱避難交州。太祖遣使就太守士燮盡族之。桓邵得出首（告發），拜謝於庭中。太祖謂曰：『跪可免死邪（耶）！』遂殺之。」他這種人報復起來，眞可怕極了。我知道他殺人以後，心裏很舒服，要是換了別人也許有些疚愧。不過他死了以後怎麼樣，反正不信有造物主的人，死了就算了。世上仇怨雖然多，幸而有帝王權力的極少，否則死的人就多了。他們三個人最後也不免一死，報復何必那麼殘忍？

我們不讀歷史則已，讀起來常常看到復仇的事情。記恨有時祇是勸了一句話，有時僅僅爲了瞪了一下眼睛。三國時的蜀國有個法正，爲劉備取了四川，他做到蜀郡太守，揚武將軍，對於自己有「一餐之德，睚眦（發怒瞪眼）之怨，無不報復，擅殺毀傷己者數人」。也算氣量小的了。他四十五歲就死了，心裏的暢快也不太久。

國家的仇似乎非報不可。楚雖三戶，亡秦必楚，史家喜歡講這件事。張良爲韓報仇，跟刺客在博浪沙大道上狙擊秦始皇，沒成功，幾乎送了命。後來到底達到目的。越王勾踐臥薪嘗膽，滅了吳國，心裏多痛快！不過國仇並不是都很成功的。最近伊朗要懲罰伊拉克，連年打仗，竟失地喪師，看看懲罰不了，祇得講和。兩國死的已在百萬，傷的不計其數。兩伊之戰，誰得到益處！賣軍火給雙方的國家得的最多。這場似乎誰也勝不了的仗實在不能再打了。不管甚麼仇恨祇有忘記掉它。

縱觀世界各國，英、德，德、法，都有世仇，也算不清誰是誰非，誰強誰弱。每次戰爭把雙方的人民置於砲火之下，英勇的少年送上前線，非死卽傷。第一次大戰，英國牛津、劍橋的學生到前線不知死了多少。這個損失重大，怎麼也補償不了。日俄也是世仇，二次大戰末了，俄國算是報了仇；不過今後日本還有甚麼要報復的嗎？我們一時看不出。日本侵略中國，不知殺了多少無辜的中國人。凡是七十歲上下人的中國家裏多少有人喪了性命或受了傷害，都消不了胸中的仇恨。不過這個仇看來無法再報。倘使由日本侵華這次慘痛我們得到教訓，今後自強，不容外人欺負，就算是好的了。

我們對於仇人，照耶穌教訓的要用愛還報。這件事能做到的人不多。中國的聖人教的是以直報怨。無論如何，不去報仇是很聰明的辦法，上面我已經說了。看了歷史，我們不由得不明白，不可以隨便得罪、欺侮他人，防他有一天像劉邦、曹操那樣算舊帳。卽使不像他們那樣有權，也可以殺人。《世說新語》上記孫秀恨石崇不肯把愛妾綠珠給他，又恨潘岳不以禮對待他，等他做了中書令，就把他們捉去殺了。有時候卽使不能立刻殺人，也可以害他。明代奸臣溫體仁後來做了禮部尚書兼東閣大學士，勢力很大，凡是朝廷裏不附和他的，都排斥掉了。他很陰險，暗中給他害死的人很多。不過想不得罪這種奸臣很難；因爲正義而受他陷害，也祇有受了。否則不得罪人總是聰明的。

仇恨的底下隱藏着殺機，不想殺人的君子或宗教家恐怕是少數，幸虧動手殺人的人不多。不殺而給仇人一點傷害，也恐怕是人情之常。正在某人需要幫助的時候跟他爲難一下，踢他一腳，彼此心裏都有數。我們最好消滅心裏的仇恨，不要讓它生根。我不知道怎樣消滅，因爲耶穌的話已經有了兩千年了。

2. 行俠

人好犯法。

我們家鄉出過一個強人，名叫徐老虎，也可以說是俠盜。他的武功了不起，傳說有個富有的和尚練就一個鐵頭，跟他約在城牆下讓和尚撞他一下。原來他會壁虎功，等和尚撞來，他把身體沿城牆提高。和尚的頭插進城牆，他落在地上，一刀把和尚劈死，盡得和尚的錢財。他在鎮江買下整條街的房屋，富甲全城。

他家裏裝飾得富麗堂皇，有姬妾多個，自己愛抽鴉片，可是他因爲幼年貧窮，所以對窮人同情，經常發米票，平民從來不怕他，許多人靠他生活。政府要捉他，別的強盜要殺他，所以他每天都換地方睡覺，而且每處祇睡一兩個鐘頭。有時睡在城門樓裏，因爲這裏走起來快。他手握一箍香，燒到燙手，他就醒了，換地方睡覺。後來政府安撫他，他做了徐大人。

他喜歡寶石，有人送他一盒精品，他打開的時候給炸彈炸死了，聽說他的後代不上進，他一死，他的天下也完了。

我們都喜歡俠盜，英國也有俠盜羅賓胡（Robin Hood）。《水滸傳》是大家愛讀的小說，政府也沒有禁它流行。社會上有許多痛苦，貪官污吏，許多人爲富不仁。於是出了宋江、徐老虎這樣的人物。羅賓胡刼富濟貧，英國至少有三十首民歌詠他的事蹟，還有無數的故事、戲劇、電影，一齣歌劇。《牛津英國民歌選》第五輯收的十四首民歌全是講羅賓胡的，從他出生詠到他死。美國出名的俠盜是傑西・詹姆斯（Jesse James, 1847-82），和他的弟弟弗蘭克。他們搶銀行、刼火車、也殺人，居然受民衆崇拜，也有人寫了民歌。我看《水滸傳》，當然同情林冲的遭遇，不過許多回裏殺人太濫，也不能贊成他們的作爲。就如以前提過武松夜裏在張都監家裏殺丫環、唱曲兒的養娘玉蘭和三個婦女，這些都是可憐人。寫小說的不覺得，這正顯出他絲毫不當婦女是人！又如爲了逼朱同上梁山，把歸他照看的小衙內殺死，也殘忍無比。憑甚麼正義殺小孩呢？

不管怎樣，大家喜歡這種殺人搶刼的漢子，而且中外古今一樣，叫我驚異。

羣衆喜歡包拯之類的青天，這是有道理的。傳說中的英國羅賓胡並不亂殺人，大家愛他也有道理。美國的傑西・詹姆斯和梁山上的好漢就不完全可愛了。大家仍然喜歡他們，祇能說社會上有人受欺負太厲害，倘使有人替他們主持公道，即使是強盜，也是好的。現代南美洲有個國家最大的毒販居然肯做慈善事，遇到天災，他拿點錢出來給災民，其實是非法害人所賺的千萬分之一，也有人感激他，說他的好話。

武俠小說、誌異小說，都受人歡迎，因爲世界上不平的、失望的事太多。最好有無敵的武功，神仙的法術，鋤滅強暴，無所不能。遇到神仙，人爲的、天生的憾事都可以得到補償，死的人甚至可以復活，讀的人自然感到快慰。就連《聊齋》這種講狐狸精，鬼怪的小說書裏也有俠義的故事，如〈田七郎〉，武技的故事，如〈保住〉，可見這些都是大家喜歡的。中國文人的筆記多誌怪記異，我已經提過，不過大家最喜歡的還是武俠，難怪武俠小說最為風行。

我五十多年前看過《蕩寇誌》，寫官軍平梁山泊的事，這部書寫得好，觀點也可以說正確，卻並不流行。一般人雖然沒有上梁山，心裏羨慕的是梁山，把法律拿在自己手裏，殺人放火，全由自己來幹。做不到看別人做也是好的。世上眞犯法的人遠不及想犯法而不敢犯的多。

老年

讀者，您今年多大歲數？二十、三十、七十、八十？我祝您健康快樂。您如果年輕，好好愛惜您的青春，世上似乎再也沒有比青春更可貴的了。您如果已經上了年紀，我祝您過得愉快。至於我，年逾七旬，算是老年人了。前些時在朋友家裏晚上會見兩位小姐，是二十邊緣的人，一位坐得離我稍遠，聽說我已經七十多歲，她說不像，祇像四十多。我的天！她如果坐近一些，就要逐漸往上加了。我如果還像六十歲，心裏就不知道有多快樂。老年不是好玩的，不但生理，心理上也會有陰影，怎一個衰字了得！

美國是個文明國家，國家有保護老人的法律，種種地方看得出他們爲老人用了心。可是最近新聞界透露，許多老人院對老人的照料壞透了，完全沒有理國法。許多地方生滿了蟑螂，衛生設備窳劣，沒有人伺候。訪問老人，有人哭訴種種虐待，聽了叫人不忍。美國也是個重利的國家，照顧老人，沒有甜頭，誰肯盡心盡力？老人如果有錢，會給人（包括子女）

騙光。美國的子女都忙，很少人把父母養在家裏。至於別的親戚更不必提了。有時惡人會來搶竊、毆打，完全不當老人是人。

單說美國的購物中心，裏面有良好的空氣調節，又有公開的電視可看，尤其好的是有無數流水一般的男女老少來去。上午大門一開，等着的老年人就進來了。他們找個地方坐下，不購物、不工作，就祇看人。有的老翁手上拿着老婦的手袋，慢慢踱來踱去。有錢的肚子餓了會上裏面的餐館吃頓飯，口渴了去喝杯咖啡或茶。沒有錢的，自己帶一包餅乾甚麼的，以備點饑。口渴了就喝飲用的噴泉。公園裏有餵鴿子的老人，池邊還有餵鴨子的。冬天他們在露天曬太陽，夏天在樹蔭下乘涼。臉上都有茫然的表情。我知道他們太空閒，沒有人陪他們說話，在家整天、整星期，甚至整月看不見人。購物中心，公園裏卻有的是人。（記得我隻身在香港中文大學，週末整天在家看書、寫作，到了晚上就到門外車站看一看火車到站上下的人，那時的心情和這些老人相同。）即使全是陌生人也不要緊，總是活生生的。

美國有住了很多老人的公寓，走廊或院子裏，總有這種住客，桌上攤了當天的報紙（也眞多，連廣告一大疊，夠一天看的），慢慢細看。兒童遊樂場更是老人愛去的地方，但看那些天眞、活潑、美麗的小寶貝，作種種遊戲，跳來躍去，已經快樂了。

人生有個大諷刺，少年、中年辛苦忙碌，少的是空閒；到了老年，整天空閒，多得沒法兒對付。老年人回想少年巴着有假期，要做這樣、做那樣。等退休了，件件可以做，又一件也不想做了。有人少年得志，賺大錢，在社會上威風，也許還有建樹。不過一老，除了名氣還有點，生活之資還不匱乏，幾乎甚麼都沒有了。祇有自己照顧自己，即使富有，雇三個看護，每日分三班輪流招呼他，也不是滋味。

老朋友當然可以來往，大家都是閒人，也可以互相慰藉。可是最慘的是您如果已經七十、八十，您的老朋友不全有這麼長的壽，多數已經不在人間了。而且不時會有另一個步他們的後塵。剩下的幾個也許住在遠處，見一面都難。即使有幾個在本城，行動也不一定方便。以前我有一位高齡的姑母，表兄孝順，總請人陪她打牌，個個是中年。姑母的同一輩人一個也不在她本城。在外國誰也沒有空陪你打麻將。

最有地位的人也會發現，以往多年上他門替他拜年的人都不來了。以前別人要借重他，祇愁沒有機會上他的門。過舊曆年上門是天經地義，而且不用先打電話約好。現在他已經無可利用，去看他還要拿錢給他的用人呢。如果他做過總理、部長，或許還可以寫關於他的文章。或者他是某方面學術的權威，不妨上門求教。這些人若在臺上，千方百計未必能見到一面，見了談幾句話，他也就要端茶送客了。到了他退休，有個後輩來聊聊，也不太壞，總比到購物中心看閒人好得多。他未必是書法家，你卻可以求他寫張條幅。至少在他的一本著作上題字，甚至替你的書寫篇短序。人老了，身價就一落千丈。

老年人最好還能管事，他們也眞好管事。美國參議員，這次副總統沒做成的班岑，是富翁，他父親白手成家，資財千萬，九十多歲還天天到自己的農場工作，開車也不雇司機。不久以前，沒有注意好交通規則，闖上該讓別人先行駛的馬路，被別的汽車橫撞過來，喪了性命。我想他是很幸福的人，死也死得幸福。他因爲忙，所以不會覺得無聊。

對，這個無聊最要命。人到了吃飯等無常就很糟了。不要說老年人，年輕的也吃不消。順便說一句，老年人離鄉去國最慘。少年人走到那裏都可以打天下，和當地的人和文化、風俗、習慣打成一片。老年人離了故國就完了。退休的人在家鄉有時還有人上門來請教問題，主持義務的事務，可是在外國，誰也不會重視他以往的建樹和在某方面的專長。雖然老朋友健在的已經日見其少，能不能常來往還成問題，在國內總容易會面些，打個電話也好。我近年來每到一處總是最年長的一人。祇有上次在美國華盛頓參加一個長者會的晚會，一問才發現每一位都在七旬上下，使我十分高興。原來這是耆老會，他們說成保健的組織，免得洩氣，也個個精神十足。我眞恨不得常去和他們在一起。老年人當然喜歡跟少年人廝混，沾他們的蓬勃之氣，就怕他們不喜歡年老的人。首先是大家的旨趣不同。我讀喬志高兄的文章，他談抗戰時期的事，我件件都熟，年在四十以下的人就不知所說是甚麼了。白頭宮女談天寶遺事，也要那個朝代的人才知道呢。老年人的一切都成了過去，他寂寞，沒有人作伴，有人，不是老年，也作不了他的伴。

爲了老年，少年時代就要有點準備。照我的體驗，第一是不可依賴別人，所以健康要緊。第二，早有人說過，讀書是老年的隱庇所，人不來作伴，書總不嫌人老。書中未必有顏如玉和黃金屋，不過的確有朋友，熟書裏有老朋友，新書裏有新朋友。有了書再也不會寂寞。我至今還寫點文章，這幾乎是我的維生素。叫我覺得我還沒有罷休。我退休多年最苦是舊友都不在城裏。這一來讀書、寫、譯更要緊了。我勸年輕的朋友早點有個準備，因爲有些習慣要預早養成。我沒有做出驚天動地的事情，不過我少年也沒有叱咤風雲，領袖才彥。我的筆耕和卡特總統做木器，別人種花、種菜，差不多。

友人某兄退休後每週賭馬，輸贏有限，他以爲非，我對他舉手贊成。退休的人一定要有點消遣才行。不賭馬難道去餵鴿子？某老太太一定要兒子來吃早飯，她忙才舒服。我自己還玩一點音樂消遣，這方面居然還有點進步。另一位友人愛打高爾夫球，好極了。

職業也可以揀。醫生、律師、會計師是三種叫人羨慕的行業，因爲年老的人都還能夠幹下去。他們的那一行儘管學問日新月異，但是本人的經驗也在不斷增加。籃球員打到四十歲的人已經很少，他們如果出名，當然不愁窮，不過退出體壇，幹甚麼消遣，要早點準備。書畫家、作家也不怕老。雖然作家有江郎才盡的危險，不過很多人老了還有精品出來，我也不必多舉。中國的裁縫、理髮師年老就做不動了，要早作打算。飛機駕駛員和伐木工人職業的危險性最高。

老年人也可以盡許多義務，免得完全成了廢物。許多人永不退休，甚至疾病纏身，都還要工作。祇有工作能給這種人生趣，他們不工作就活不下去了。南斯拉夫的德肋撒修女那麼大年紀抱了病還辛苦工作，不到她斷氣她不會停下來。我看她還有很久好過最有意義的日子呢。拿她來說，我們如果覺得無聊，祇能怪自己。她這種人，永遠沒有老年。

己巳上巳

餕餘

中古歐洲苦修的教士，乞食爲生。方濟會、道明會也叫做乞食修會，會士沒有會所，沒有分文，每天討到甚麼，吃甚麼。除了身上穿的，沒有別的衣服。

我實在不知道他們吃甚麼，一般人家施捨些甚麼。有人作興拿上好的鷄、鴨、魚、肉給他們，因爲這些人也許是貴族、王公、富商，並不窮。一定也會有人把餿了的殘羹冷炙給他們。他們饑餓，甚麼都是好的，祇有一律收下，道謝而去。我猜想他們一定吃盡各種好壞的菜餚，有時也不免挨餓。既然是苦修，就顧不了許多。如果有人記下來，一定很可一讀。我想像有一位名叫約瑟的方濟會士會記載：

三月三十日：今天在伯多祿爵爺家討到一隻乳豬，我們每人分到連骨頭一塊肉。這是一個月之內第二次吃肉。

四月一日：有個裁縫給了我們一盆菜，裏面似乎有蟲。我們拾了松枝，把它煮滾吃了。

不覺得甚麼，很酸罷了。會祖吃得滋味十足。

四月二日：我們有人病了。肚子痛，據懂醫的安東尼弟兄說，這是食物中毒。我們平時討到吃的，冷的也吃。安東尼說，以後要弄熱了才放得了心。

五月十日：今天討到生肉。祇有瑪竇弟兄會燒，他又有事出門了。結果伯爾納德弟兄把肉烤焦。會祖方濟各把焦的搶着吃了，說味道眞美。當晚他就病倒了。

我這樣胡思亂想，寫不出當時的實況來，不過上面的情形總會有的。專門吃別人剩下來的這個滋味，恐怕很不好受。按煮熟的和生的肉類在室溫裏兩小時以上就會生細菌。現在的冰箱有用，吃的東西放在它裏面可以保險衞生，古時候沒有這樣必需品，如果不煮熟或加熱，吃了一定出事。我想常常討飯的一定知道。討來的熟菜飯一定要再煮滾了才入口。

說來叫人不相信，中國人常吃剩菜。中午往往把前一天多下的魚肉素菜和飯一同熱了來吃，滋味比快餐店供應的還好。我們會笑說，這種餕餘等於大餐。國內大的餐館（從前總叫酒樓、酒家，後來改叫飯店）總有大桶剩的殘湯冷飯，裏面魚蝦參翅，各種珍饈都有，而且作料都已經進了肉，滋味特別鮮美。他們往往很便宜賣給窮人。這是道地的美味，也許比新鮮的菜還好吃，不是窮人吃不到罷了。現在東西貴，恐怕再沒有這種剩菜賣給人了。第一是餐館裏客人大都把點的菜吃光。以前一桌酒席十幾碟菜，客人總吃不完，尤其是後上的整隻乳豬、鷄、鴨，有很多撤走。現在點幾樣菜，端上來的本來不豐，大家一吃，也就看見盤底了。如果有點剩下，餐館說不定還有別的用處。美國的窮人另有地方找吃的：那是大食品雜貨店倒出來過了期的罐頭和蔬菜。我不知現在中國的窮人有沒有這種資源。

我每想到餕餘，就想到饑饉。世界上有上億的人沒有飯吃，餓着肚子去睡覺。我這個年紀，肚子一餓就睡不着，吃得太飽就做夢難堪。我不知道非洲像衣索比亞、蘇丹這些國家的人夜裏怎麼睡的。別國的剩菜倒掉，如果能到他們手上，都是天堂上的美味佳餚。我想到他們，甚麼粗糙無味，甚至難以下嚥的食品都當盛筵了。我一生不曾富貴，可是從來沒有挨過餓，即使在抗戰期間，都吃得很好。我奉天主教，每餐必定唸經，唸時眞心感謝。以我這樣的人能享飲食之福，也配嗎？友人逃難，有一次拾溝裏別人倒出來的飯，洗了吃下。我幾乎想祝福全世界的人都有殘羹可吃。

朋友某兄的姪子是高級共幹，大陸饑荒那幾年，他家吃鷄吃鴨。朋友說，姪子家吃剩的美味統統倒掉。不但不給餓得要死的外人吃，連自家的用人都吃不到；因爲一給他們吃，他們就要起反感了。可見餕餘也不是容易吃到的。

說到吃，平常富家的僕役往往享福，主人桌上總放滿山珍海味，而主人的胃口未必很好。剩下來的，全歸用人大快朵頤，有甚麼餕餘不餕餘？我看美國電影，就有男僕倒了主人名酒大喝的。主人也沒法查究，恐怕也知道，祇有裝馬虎。至於留下一碗鷄湯喝掉，也算不得甚麼。苦的是窮人。古來偷食物的不止一人出名。漢武帝時候的東方朔，是個通經術的人，皇帝賜他飯吃，他吃完了，把剩下的肉都偷走，衣服全弄髒了。三國時的陸績六歲在九江見袁術，袁術請他吃橘子，他偷了三個。走的時候下拜告辭，橘子掉在地上。袁術說：「陸小弟做客也偷橘子嗎？」他跪下來說：「要帶回去給母親吃。」這兩件事不但沒有人批評，還傳爲美談。世界祇有有得吃和沒得吃之分，怎樣弄到吃的似乎無關緊要。人到眞沒有吃的時候，殺了人吃也是歷史上常有的事。那裏還有甚麼別人家的食物可以偷的？

從上面提的事看來，我幾乎要作一篇〈餕餘頌〉了。荒年、貧窮、暴政，都沒有餕餘。有殘羹冷炙的地方就有豐腴、富裕、民主。不但如此，我們生長在貧窮的國家，一向知道利用一切的物資，人棄我取。飲食一方面，祇要能果腹，吃飽睡得着，有力氣耕田，砌房子，讀書作文，吃剩菜剩飯，有甚麼不可？富人揀好的吃，也不會活得更久，口味不見得強，就讓他們去吃新鮮的吧。陶淵明這樣的高士，也寫〈乞食〉的詩，據說並不是眞乞食，是向人借貸，感人遺贈留飲之作（張蔭嘉《詩析》裏說的）。不過他說了「饑來驅我去」的話，也可見他等吃的。這時主人端來的作興是剩菜，他吃了感激不盡，不知道怎麼謝法，要「冥報以相貽」呢。

己巳大寒

肌肉的活動

說起寫作，我幾乎沒有癖。我從不需要抽菸、品茗、飲酒，也不需要安靜的環境、寬敞的書齋、窗外綠樹啼鶯、繁花茂草。有個題目，我就坐下來寫，不管在那裏，不管有甚麼設備。我做這件事一點沒有浪漫氣氛，和裁縫縫衣，農夫種田一樣。這件事祇是我心靈的活動，借重手眼，寫在紙上而已。

我有位朋友下頷生了個贅疣，他每執筆，一定要用手搓捻那個肉塊，才有文思。另一位友人說他有一大陣子，非抽香菸，不能作文；後來戒掉，照樣寫。我的頸子上也有粒瘊子，可是我祇想割掉它，從來不靠它找靈感。我要喝茶、喝酒，一定等坐定下來，甚麼事也不做才能細細欣賞它的色、香、味。稍一匆忙，這三樣都忽略過去了，我覺得是作踐。

在香港有幾年，我住在極濕熱而又沒有空氣調節的家裏，白天辛勞，晚上寫譯，也做完成了。我就是這種隨便那裏都可以讀書、作文的人，雖然書也沒有讀好，文章也沒有寫得出人頭地。我恨不得有極好環境，舒舒服服地創作，寫出不朽的文章來。

論到目前，曉霧里遠離市塵，祇有鳥鳴，汽車聲聽不到，偶有飛機經過，已經飛得很高了。四周綠樹成林，寒齋又很寬濶，我的書第一次放得容易查，書桌也大。所差的祇是文章罷了。

我佩服、羡慕胸有成竹的人。有一種才子，腹稿打好，像抄書一樣，一字一句，一行一段全寫出來，就寄出去了。他們的稿紙上最多改一兩個字，和謄清的沒有分別。我可不行，我有了個意思，立刻要寫下來，不寫下再也記不起了。寫下來以後，會陸續想到有關的一切。不是馬上就想起，想全。而是一面寫，一面來。時常很亂，要重行整理。又時常是文章已經寫好，過了些時，幾個鐘頭，幾天，又想到一些。有時是看書，發見有用的資料。

我寫文章就這樣亂七八糟。時常已經寄出，又有了別的意思，想加進去。究竟要經過多久，新的思想才不再來，我也不知道。大約不去理它，過一陣就忘記這個題目了。不怕您見笑，我的文字是這樣拼拼湊湊起來的。

因爲自己學問沒有根柢，所以參考書常常要用。不放心的字要查字典。涉及知識的要查百科全書。引用往事，要查歷史。譬如三國時蜀國的馬謖失守街亭，一說諸葛亮殺了他，但是《三國誌・蜀書》上明明說他「下獄物故」，不知道那個對。照《襄陽記》上所說，是諸葛亮殺的。晉人習鑿齒批評諸葛亮的話也看得出諸葛亮殺了他。這樣一個小節，我也得查一下。有時候，查一件事會發見另一件我不大清楚的事，又去查書，查了一本又查別本，往往花很多時間。所以我的寫作也是自學的一部分，往往多學許多東西。可惜現在年老，查了也忘了。若在少年，情形就不同了。

我的稿不算清晰。我寫過行草，雖然管住自己，不寫草字，行書還是不免。又有修改，恐怕排字先生很辛苦。我時常疚歉在心。我把塗改了的全用墨筆畫滿，這樣好省他們的眼力。我的稿排錯，都怪我自己。重抄一次不更好嗎？不過我這種人不能重抄自己的文章，因爲一到重抄，我就會重寫，和第一次寫的很不相同。是不是更好呢？未必。常常好的不見了，換了不如第一次寫的。以往內子梅醴幫我謄清過，當然好極，可是現在她也上了年紀，我再也不忍心要她費這種眼力了。我也寫點簡寫，也不能過分。我知道有的排字先生會把簡體的「牺」排成「犧」，可是他們會不會把「荐」排成「薦」呢？問題很多。有些訛體字已經通行，你寫正體，他們也排訛體，如「鬪」字（正體是「鬭」）。我有時要在稿紙上特別請求排正體。

我重抄的時候不多，上面已經說了。可是像我這種粗心浮躁的人，常常需要把稿看了又看，才能寄出。看多一次，會多發見些錯字，不明的語句，欠妥的結構，不聯貫的意思，等等毛病。也免不了有時重寫。有時要拿掉一段，諸如此類。我的文章改不完，最後是一寄了事，好歹等出了書再講。有些文法不合、修辭欠佳的地方要多年後才發見。不過在校閱的時候，偶爾也會把原來通的改得不通。我不是頭腦清楚、目光如炬的那種人，祇有勤奮一點，有時連勤奮都沒有用。我看了幾次之後，祇有不再去看，因爲再看下去，又要改，改不完，也會改壞。

我的友人中有極博學能文的，而他們不屑下筆，所以沒有多少著作。寫是肌肉活動，手總拿枝筆在紙上寫字，這是習慣。不寫就沒有這個習慣，也就不寫了。我在此地，認識一位大學裏教書的老太太，她已經退休。她告訴我，她英文很可以，可是寫不出文章來。我教她，從現在起，每天寫五個字，胡說也行，使手指在打字機上有活動。不要看輕這個活動，有一位名專欄作家用慣了打字機，叫他口授，由女秘書速記，他幹不來。說他的文章是手指打出來的也未嘗不可。我自己寫作總得用筆，沒有筆恐怕也沒有文章了。有人談話妙語如珠，是口舌的肌肉活動；他不動筆，拿起筆反而寫不出，是缺少手的肌肉活動吧。有一次，一位名作家參加聚會，有人請他演講，他站起來說，「我還是用筆寫吧。」我也講過話，說不上有訓練，不過筆在我手上的活動可多得多了。說不上癖；祇能說是習慣。

附記：

有一次記不清爲什麼某稿由編輯退回，我發現好些我寫得不容易認的字她都另外寫出。我才驚覺，我給她添多少工作。罪過，罪過！我做什麼事都快，動作快吃過無數碰撞的苦，身上斑痕纍纍。吃飯太快，胃不消化。寫字太快，別人不容易看。走路太快，踩過別人的腳趾。排字先生，這篇稿您排起來要罵我嗎？

還能活多久？

《羅馬衰亡史》的作者吉本（Edward Gibbon, 1737-94）《自傳》裏，談到他老年，說照或然率，他大約可以再活十五年。他不願談身心的衰弱，不過也不得不承認，桑榆已晚，希望全無。他祇活到五十七歲上下，他的歷史鉅著成於一七八八年，六年後他已經去世。自傳裏說的年數並沒有活到。

少年人絕不會想能活多久的問題，英國近代譯《聖經》的諾克斯（Ronald Knox）神父老年得了病，問醫生他還有多久好活，知道了他可以計畫做甚麼事。他不是著述，就是翻譯，他是個工作不息的人，平生著作等身。

我在二十多歲的時候，給人斷定活不到三十。說來奇怪，我從來沒有問過自己有多久好活。最近手上還做過極花時間的工作，現在過了七十，也還是沒有問。或然率好像極靠不住。有人從小抽香菸，有人從來不運動，都活很大年紀。到了我這個年紀，不少朋友，有的年紀比我小，都已經不在了。我似乎沒有吃驚。並不是說我還有很多年好活。我這種人不生病是人，一生病就不知道成甚麼樣子了。祇有一點可以說的，就是如今手尾全了。子女都不用我再去照料，唯一的牽掛是我的妻子梅醴，我要時刻在家看顧她，雖然她看顧我更多。我好像打好行李的人，隨時可以動身。

寫散文的人有一樣便宜。長篇小說少不得要計畫，否則像狄更斯、斯蒂文森一樣，死下來丟下一部還未完成的著作。我的文章不消幾天，總可以完篇。不過長篇小說我不想再翻譯了，倒不是怕翻不完人就要先去；是怕那幾百頁那麼厚。話雖如此，我還偷偷地學一兩種技能，按照小兒子的意思，到了我這把年紀，早該放棄才對。他說，「您原來擅長的不妨玩玩，這——」我也不答辯，祇是點頭笑笑。

我承認，到了這把年紀眞不濟了。記得以往學新玩意，進步多快！現在眞連本來會的也手不應心了。就如緩跑，停了十天，再跑就很吃力。兩手攀足祇要一天不做，第二天腰就彎不下。記性尤其壞得可怕。儘管如此，我仍然學一點新東西，打發退休的寂寥。

前天報上說，勤運動的人有病不容易死。我所求的不是高年，而是無病。想不到辛苦運動，換來的是多在塵世挨日子。我現在會羨慕別人去世，以爲世上的苦他再也吃不到了，至少不用擔心核子戰爭。不過今年世界局勢緩和下來，我們也不必爲這種事顧慮。我無病無痛，實在沒有受苦。

最叫老年人難堪的就是朋友漸少。退休的人在家讀書，那裏有新朋友？別人都是忙人。我的舊友之中，先後凋零的已經不少。時時有個人回信沒有了。有人來封信，看他的字跡就知道他寫信很辛苦。我看不到我的臉，祇看得見我的手背皺紋多了，斑點多了，才想到我的世界也在縮小。偶然接到好友一封信，總感激歡喜地去讀。我自以爲身在海外，故舊都隔開萬里，誰知道友人某兄人在香港，也不和朋友往來。到了我們這個年紀，一切全和以往不同。所以多活幾年、少活幾年，完全一樣。另一位朋友生平喜歡讀書，老年退休，終日手不釋卷。這樣安享餘年，也很不錯，何必問還能活多久？

所以到了某個年紀，能活多久已經不成問題。不像美國第二十九任總統哈定，做總統第三年在舊金山演講旅行，忽然病故。或者近代教宗若望・保祿一世祇在寶座上三十四天，就與世長辭。他們的死在世界上掀起一陣波浪。報上每天都有人去世的新聞，大家連看也懶得看，前年我的右鄰歸天，過了三日我們才發覺，報紙翻出來才看到他那一段新聞，我曾寫小文追思。這家不多久就已搬走。因爲屋太大，他的遺孀用不着，所以賣掉又重買了一所小些的。我們去看過她一回，以後就少見面了。我想到有史以來，多少人就這樣輕易逝去。最詳盡的一本人名大辭典能記載幾個？滴管裏的水和海洋的對比吧。

英國的哈代活到八十八歲，他本來是建築師，會打圖樣，測量，後來寫小說了，一直寫到將近六十歲。好像江郎才盡，忽然回頭寫詩，將近七十的時候，寫出了〈統治者〉史詩劇，講歐洲的拿破崙戰爭，在詩、劇、歷史各方面，都有輝煌的價值，成了文學名著。人到老年可以有作爲如此，吉本在地下有知，也應該慚愧了。

一九二二年七月，英國詩人白倫敦（Edmund Blunden）去拜望哈代，哈代已經八十二歲，跟白倫敦談話，精神還很旺。說批評他詩文的人多沒有好好看他的作品，引的詩不中肯綮。又埋怨出版人把他的詩文排錯，他很苦惱（這是所有作家的苦惱），哈代說，他如果寫關於雪萊的評論，一定先花一個月工夫，細讀雪萊的詩。看來他一點沒有衰老。

孔子說：「其爲人也，發憤忘食，樂以忘憂，不知老之將至云爾。」可見他一股一往直前，不懈不怠的精神。他還問能活多久嗎？

紅顏

電影女星艾弗・戛納（港譯阿娃・嘉娜）去世了，報上都登了這個消息。報導說，她是銀幕上最美麗的人，我看過她的影片，也覺得她嫵媚。她生平結婚三次，第三次離婚後就沒有再婚。拍了六十部片子，紅了二十年。晚年隱居倫敦，抑鬱而終。偶爾在電視片集裏客串一下，很委屈了她。

論者拿她和麗塔・海瓦絲、瑪麗蓮・夢露相比，都是名噪一時，而命途多舛的美人。

人生來美醜不同，尤其是女子相貌重要。美麗的享盡男子對她的殷勤；貌寢的不免受到冷落，上蒼似乎欠公。不過我冷眼旁觀，極美的人也有許多不利。少年時代固然到處受到垂青，好像市面上的奇貨，可是年紀一大，男子對她的奉承就止於禮貌，漸漸連禮貌都不很週全了，嫁的人是正人還好。若是花花公子，不一定等她老也會另結新歡，找自己的快樂去了。她們的老年往往不免孤獨、寂寥。要怨祇好怨自己生來太美，怨不得天。

美人而不以美人自居，善盡妻子、母親的責任，不重視名利，婚後從一而終，自然幸福。不過今天在西方國家，美人都有價格。做了模特兒或明星，自有鉅富來娶。一般人絕沒有分和她們攀交。這種富人到了對妻子生厭，自有打發掉她的法子。充其量花點錢就是了。就拿香港來說，相貌平常的貧窮女孩祇能做酒樓的「點心妹」，待遇很非。略有姿色的可以做舞女，薪水立增十倍。再明艷些，可以做電影明星，待遇更高。舞女的命運很悲慘，不一定有好下場，至於明星，也會有很多事故，幸福未必可期。單單說一點，女明星自殺的人不止一個，叫人有紅顏薄命之嘆。

艾弗・戛納是美國北加羅來納州人，出生農家，她暮年不回家鄉，卻隱居倫敦，大約意在避免和人接觸吧。她沒有親人在旁，祇有個女管家。她在故鄉下殮時，女管家拭淚獻花，算是不錯的了。她離了婚的丈夫沒有一個來參加葬儀，電影界也沒有一個人前往。我覺得人情太薄。她故鄉的人還算對她有好感的，大羣人冒雨來追悼她。她每年必定回北加羅來納一次，探她的親友。

據認識艾弗的一位記者說，她不喜歡白晝。夜才是造來讓人生活的。要有聰明才能過夜生活。不見得人人有聰明。她和歌星弗蘭・辛那屈結婚之後，曾在外面四十八小時不停參加聚會，氣得辛那屈對她的床開槍，趕她出去。我可以想像，美女像艾弗・戛納這樣的人，一定任性；丈夫也要有忍耐才能容得下她。等到紅顏老去，更加沒有人肯對她寬大了。年輕時美艷絕倫的女星瑙瑪・希拉，老年行竊被捕。她怎麼會這樣貧窮，下流？

從前的君王常常看見一個美人，就殺掉她的丈夫，把她佔有。《聖經》上達味（亦譯大衞）王看見巴特舍巴貌美，用計設害她丈夫烏黎雅（見《撒慕爾紀下》十一章），然後納她爲妃。《通鑑》記唐太宗有美人在身邊伺候他，是廬江王李瑗的姬妾。原來以前廬江王殺了她丈夫，納了她，和達味王的行徑一樣。這個李瑗造反，給殺掉了，妾就歸了太宗。歷史上這種事很多。現代在西方，看見別人妻子美麗，不必殺掉她丈夫，有錢的人可以誘之以利，有勢的可以動之以勢，來達到企圖。女子做了明星有人再嫁導演或製片，輕輕拋棄了她的丈夫。這和丈夫被害不同。我們同情被脅迫的婦女，看不起背棄本夫的美人。這也可見和美人結婚，未必是福。

我替美女細想，也覺得她們負擔很重。她們也是人，應該享受人的幸福。一般男人對她們總存佔有之心，不能佔有，也干擾得她們不得寧靜。她們應該得到的是尊敬，反而沒有；有時候給人造謠，替自己辯護的機會都沒有。有錢有勢的男人對她們更不存好心眼兒。晉朝孫秀跟石崇索取他的愛妓綠珠，石崇不給，他就把石崇捉來殺死。孫秀派去要綠珠的人對石崇恐嚇過：「君侯博古通今，察遠照爾，願加三思。」可見孫秀的勢力多麼大。石崇被捕的時候，對綠珠說，都是爲了你，綠珠一聽就跳樓死了。這件事是大家熟悉的，我們不知道的不知還有多少呢。達昧王、廬江王也絕不是僅有的殺美人丈夫、納美人爲姬的君王。

順便提一句，麗塔・海瓦絲後來得了早老性癡呆症（alzheimer's disease），虧得有個親生女兒照應。幾個前夫都不理她。瑪麗蓮・夢露死的那天是聖誕節前夕，沒有一個人約她去過節。她們眞是紅顏薄命。夫妻的是非外人不得而知，不過美人的顏色一旦失去，男子的自私就暴露無遺了。無論男女，鞏固愛情的是德，不是貌。

通常男子發了財或有了名氣地位，在中國的就要納妾，在西方的就要離婚。不消說，這種人一定找貌美的人。他們會對女子忠誠嗎？美人日後遭到遺棄，應該在意料之中。現在西方婚姻不穩，很多女子寧願不嫁，其中有絕代佳人。她們知道打她們主意的男子靠不住。

狗

二兒的狗「吹笛人」有特別的感覺，叫它做第六官能也可以。牠知道家裏有人要離開，行動就異乎尋常。二兒的內姪龍龍和牠玩得最熱烈，後來到別處去了，和牠說了再會而別。牠本來每天會在大門口等龍龍，自從龍龍走後，牠再也不去等候了。以往二媳叫一聲龍龍，吹笛人會跑到門口去歡迎他；後來二媳想騙吹笛人，假叫一聲「龍龍」，吹笛人理也不理。牠知道龍龍已經走了。

今天二媳回娘家，和吹笛人告別，牠知道二媳要出門，心裏大爲不樂，躲到平時不許牠進去的花圃裏，他們叫牠，牠也不理睬人。牠不懂人的語言（除了少數常用的幾句，如「坐下！」「不許！」，別的話牠全不懂），可是看人的行動、神氣，能知道很多事情。我和內子特地來和二兒作伴，免得二媳放心不下；現在發現，她不放心的不是二兒，而是狗。我們看吹笛人的慍鬱，也很不捨得牠。

我猜想所有的狗都聰明。怪不得人喜歡狗。可惜狗祇有十年上下的壽命，等到牠老死，主人會傷心欲絕。吹笛人今年五歲，已經不像往日那樣生龍活虎。我每隔些時來二兒家，都發現牠老了一些。上次來，看牠已經不像往日那樣狂奔去追拿拋出的網球了。牠本來喜歡啃人的鞋子，所以我們脫下的鞋總放在高處。這次來，任何人的鞋子放在地上，牠都不關心。牠懶了。分別後，牠再見了我，也不像往日那樣興奮得直撲到我身上了。

有情就有苦痛。我看到牠不免想到再過幾年牠又會變成甚麼樣子。我不是蓄養狗的人，也體會到狗的熱情，嚐到一次狗病重不治的悲酸。狗愛人這樣眞切溫暖，任何無感的人也能體會。牠愛了你，你就沒法不愛牠了。中國人能吃狗肉，打起野狗來殘忍無比。

中國人喜歡吃小狗（稱「乳狗」），不一刀殺死，說殺死流了血，味就差了。弄死的方法是用根繩子把牠頸項綁住，吊在樹上，呻吟很久才氣絕。這是內子在鄉下親眼看見的。另一種殺法是把狗活活打死。

又有一種殺鷄法，把鷄頭揿在瓶子裏，很久才悶死，據說這樣殺吃了才補。這是比炙鵝掌、吃猴腦稍微仁慈的舉動。這也是內子梅醴親眼看見的。鄉下人殺鶃是先用斧頭把鶃頭擊暈再割下來。吃蛇是活剝蛇皮，痛得蛇震顫欲絕。吃蟹是活活蒸死，聽得到蟹在鍋裏掙扎的聲音。醉蟹更殘忍，揭開臍，放進鹽。用蟹爪揷入，再泡在酒裏，慢慢醃死。一切爲了口腹之欲。

因爲談到吃狗肉，我又想起了這些。西方人鬥牛是不落中國人之後的舉動，他們打獵也夠殘忍的，別方面似乎還肯顧到畜生的痛苦。我不得不贊揚佛教不殺生的敎訓，萬一爲了果腹，就讓畜生快快死亡吧。

不太高明俱樂部

有的人在某一方面會比任何人都笨拙。美國加州有位海倫・愛爾蘭太太（Helen Ireland）考汽車駕駛牌照失敗，創全世界最高速度紀錄：她一開始，誤把加速踏板當作了離合器踏板，一腳猛踩下去，車往前直衝，撞穿了駕駛考試中心的牆壁。美國約克郡有位貝蒂・替尤德太太（Betti Tudor）十九年之內，考駕駛執照二百七十三次，全不及格，也打破世界紀錄。她有過九個教車師傅；三家教車學校不再收她做學生；學校裏七次考試，都不及格。第七次考試，她在十字路環狀交叉口開錯了方向，後來她還怪主考者說，「要不是對面來的車全撳喇叭甚麼的，她永遠不會知道出了甚麼事。」

英國有位著名的探險家，名叫納特爾（Nuttall），他根本沒有方向感，永遠迷失路途。每天晚上，他的同伴要生起火來，他才能回到營帳。還有位著名的旅行家，尼柯勒斯・司各特（Nicholas Scott）在紐約待了兩天，自己以爲身在羅馬。還有一位吉爾勃・楊（Gilbert

Young）寫了一本書，《世界政府改革建議》（World Government Crusade），主張全球祇有一個政府，一支警察隊伍，強迫所有的人祇用獨一語文。他這本書的稿送給過二百零五家出版商，都遭退回。

上面這些事全載在一本奇書裏，書名是《超凡鎩羽續集》（The Return of Heroic Failures）作者司悌芬，琶意爾（Stephen Pile），是「不太高明俱樂部」（Not Terribly Good Club）創設人。這個會的會員就是照琶意爾說的，「各式各樣不中用的人」。一九七九年出了第一册題名《超凡鎩羽集》（The Book of Heroic Failures）。一經銷售，立即有二萬人申請入會。也就在這時，該會解散，原因是這個組織太受歡迎，未免招搖。琶意爾說：「卽使我們自以爲不中用，也不中用。」這本書的勘誤表之長也打破世界紀錄。他們不怕不中用，又出了第二本。

人這個動物很奇怪，極中用的人某一方面會極不中用。已故國畫大師溥心畬中西學淵博，書畫都自成大家，然而也像英國那位探險家納特爾一樣，沒有方向感。他出了門就不認識回家，幸虧他大大有名，別人知道他是誰，會送他回去。從前多少學者考不到功名，終身抱恨。有人不善說話，卻能下筆千言，倚馬可待。動物裏也有奇異的現象，以獵豹的獰猛疾走，卻膽小如鼠，獵獲了野獸，會讓比牠小很多的食肉獸搶去。我們知道這些不中用的逸事很有好處，因爲誰是萬能的呢？多少人爲了自己某方面的無能，動輒痛苦；無能就是無能，很難改進。不過我們不見得每一方面都如此；祇要不是邪惡，能有一樣勝過不少人也就很好了。

地址簿滄桑

我的一本地址簿已經用了將近三十年，又破又舊，查起來很不方便。前些時跟兒子說了，叫他替我買了一本新的來。

我以爲要花個一兩天，才能把和我通信的人名地址抄過來。誰知道不消半個鐘點已經騰完了。萬萬想不到這件事這樣容易完成，也使我感觸難受。

第一、我忽然驚覺——其實早就知道——好多位友好已經不在了。我的神師雷永明神父歸了天；現在年屆八旬的Y．C．沒有音訊，存亡不卜；C．T．已經去世多年；連年輕的晚輩R．C．也墜樓身亡；F．G．善唱善奏，肺疾去世；M．Y．病故的消息，報上看到……我也不能一一盡提。總之，人數之多可驚，他們一度全是活生生的人，和我交好，現在全不在了。

第二、十個人之中幾乎有七、八個通過信，有的很勤，現在全沒有消息了。大多數想必好好的活在人間，彼此竟然多年互不通信。我如果寫封信去，十有六、七他們已經搬了家，即使沒有搬，收到信也會覺得突然，以爲我有神經病。這個久隔，也就等於絕交。我如果寫信，也不知道從何寫起。我當然可以問，「你好嗎？」可是說到我自己，我眞不知道講那一點好。「乏善足陳」可以用，可是這是甚麼話啊？若是細說，可以寫本書。我的拙文多寫身邊瑣事，和一時感觸，朋友多數知道一些。有人竟會背出來，叫我挿不上嘴，還用再寫？就這樣這一大批舊相識斷了往來。

也有幾位怪我沒有長進，把我遺棄，我也無法嚶鳴。另有幾位我自慚形穢，不想再去高攀。去年某友人的聖誕賀片上寫着：

×××長
××夫人 敬賀

我知道這是他秘書寄的。我既沒有做甚麼「長」，內子梅醴也沒有做「夫人」，而且退休之人也不像美國卸任總統，國家還替他雇了秘書，所以今年我要停止寄賀片給他了。朋友當中確也有當了某長的，他的賀片不但親筆簽名，他的夫人，一位長輩，總有封不太短，不算敷衍了事的信。我給他們縱壞了。所以收到這樣一張銜頭十足的賀卡很不習慣。也許有一天他不當×長了，來一張親筆簽名的賀片，我再回報吧。

上面提到一位生死不卜的朋友，其實不止一位。另一位每年有賀片，也有信的朋友前兩年停寄了。他本有老病，又是八旬以上的人，想必是歸了天。他的夫人竟沒有一個字寄來。另一位長輩和好友去世，他們的夫人都通知我，讓我知道，悲悼一番。我都寫了紀念的文章。某位好友去世，是另一位朋友來信告訴我的，我非常感謝他。有位朋友他好久音信全無，使我牽掛很久。輾轉打聽，才知道他安然無恙，我放下心來，不過他已經到了另一國家。承友人的情，把他的地址給我，可是我想到既然他並不要我知道他的尊況，我也鼓不起勇氣寫信給他了。友誼不是片面的，要互相都有才行。和男女戀愛一樣，一個巴掌拍不響。

也有我撇開的。譬如誰拋棄他的夫人或做了大不仁不義的事，我就不想再和他有交誼。當然我不是神，我不能評斷他人的舉止。普通的過失我一律不去過問，我自己也非聖賢。祇有大節有虧，我才計較。我趕快要讓認識我的人知道，這種給我撇開的人祇有一人，最多兩個。也許明天在街上我碰到他們，會十分熱烈地和他們招呼。恐怕像某人一樣，聽到我的聲音，知道我來了，他悄然走出去，裝作看不見我，倒叫我決定不了要不要喊他站住。

多少位偶然還會想到我？要問我一聲可好？我不知道。我敢斷定的是很多位不時會想起我，或者讀到拙作的時候說，「思果還在寫呢，」或者加一兩句評語。我們很作興彼此存了尊敬，甚至好感。不過爲了這兩點就提筆寫信，似乎小題大做。也許有一天有甚麼事發生，或者路過對方所在，會想法聯絡一下，敍一敍舊吧。這種事可遇而不可求，行雲流水的動作，誰也不能預料。世上多的是無聲的音樂，沒有上畫幅的畫，沒有人說出的言語，從來沒有表達的情，從來沒有寫的信。人與人之間，精神上有說不盡的交往，從來沒有傳達。

多少人爲了某種緣故和我通信，這種緣故消失，也斷了往來。這和做一筆買賣一樣，買賣做過，彼此成爲路人。多少人我所倚賴，如醫生，我要記下他們的地址、電話。等我到了遠方，我也和他們再無聯繫。儘管如此，若干相知彼此毫無可資利用之處，仍然念舊，魚雁常通，懃懃懇懇，大有不通音訊，日子就過不下去的情形。這是眞友愛，當不得飯吃，當不得衣穿，卻比衣食還更重要，更不可少。人生在世，得此一、二友人，實在幸福之至。

相反的，叫我快樂的是我又添了一些新知。以我這個退休多年的老人來說，仍然結識新朋友，有的對我極親密，就不錯了。他們明知我這個人沒有好處拿給他們，也要紆尊降貴，給我好處，使我感激。我有甚麼呢？甚麼也沒有。而他們卻有很多，除了世人看重的名成利就，還有文藝才能，一腔熱血。我的新簿子因爲他們才不顯得我太孤零。

許多人失去聯絡，多怪我年紀大了，筆懶了。我想到許多上了年紀的人維持和他人往來，也不會太久，好似年高的人添置物件的心淡，好東西情願送人一樣。維持、維持，遲早是斷絕。我想和老年人做朋友，總差些勁。人無不爲未來着想，靠希望生存。勸君莫交老年人，勸君但與少年親，我要吟這兩句詩。

人生有幾個三十年？三十年之中的滄海桑田變遷多大，打開地址電話簿就知道了。單單是我住的里最近就畫歸了另一個城，郵區號碼也改了。我的新簿大概不會再換了，我不知道的是簿子裏的人還會有些甚麼變化。

大教堂引起的聯想

紐約的第五街最繁華，聖派屈克大教堂（St. Patrick's Cathedral）就在這條街上。這座教堂在一八五三年設計，一八五八年奠基，一直到一八七九年才完成。歌德式建築，全部用大理石，照傳統作十字形，裏面有十二個小教堂，許多彩色玻璃窗，有十九個鐘的樂器。我在十八年前去過，印象很深，近年每到紐約，每天早上都從西三十九橫街走去望彌撒。不但是天主教徒，凡是到紐約來遊歷的人，也多有到這座教堂來參觀的，因爲這是世上稀有的建築。

可想而知，十九世紀末大教堂造好的時候，不但內部可觀，即以其高大而論，也雄踞一方，把左右以及全市的建築都比小了。我想當年的人登上鐘樓，向西面望去，不但可以看到赫遜河的軸轤相連，連對岸新澤西的城市也瞭然在望。可是百年來紐約的摩天樓一座一座造成，越造越高，這座大教堂已經矮得連在附近的大樓上都看不到了。說句略帶誇張的話，大教堂在第五街倒像嬰孩站在成人堆裏。

從天主教這方面講起來，近百年來聖派屈克大教堂本來是全美最大的教堂。不過不多久以前，首府華盛頓完成的國家聖母無玷始胎聖殿比聖派屈克大教堂大很多，也非常莊嚴、美麗、古雅。這座大殿也是全世界最大的教堂之一，新拜占庭式，不用鋼鐵，全用石、磚瓦、混凝土製成。

世上的現象和人事都不斷在變，滄海桑田，令人感喟。聖派屈克大教堂是個顯著的例子。也在第五街的帝國大廈（Empire State Building），高一千二百五十呎，有一百二十層，半個世紀來是全世界最高的建築。現在呢？已經被紐約另一座姐妹建築世界貿易中心，高一千三百五十三呎，壓下去了。世界貿易中心最高的地位也站不久，芝加哥的謝爾司塔（Sears Tower）故意造得更高一百零一呎。誰也不知道另一座更高的樓在那裏，或者幾時會出現。

古時有所謂的世上七大奇觀，到現在也不知道又添了多少更奇偉的景物。也許中國的長城還首屈一指吧。科技方面的進展最驚人，一九〇三年十二月十七日，美國的萊特兄弟駕第一架用動力驅策的飛機，祇飛了十二秒鐘。今天波音七四七噴射機可以載四、五百人飛越大洋。美國人已經登陸月球了。別的方面無不有驚人的成就。

人的方面，變化也一樣顯著。單就體育來說，世界重量級拳擊冠軍往往祇能維持一兩年，特別強的可以維持六、七年。祖・路易天生神力，維持最久，由一九三七年到一九四九年，都保住了拳王的頭銜。網球賽世界第一種子球員隨時會變爲第二、第三，甚至第七、第八。毫無人情可講。最近溫布爾頓賽中兩屆冠軍德國的貝克敗於第七十種子球員澳大利亞的杜恩，前天黯然回國，人做到了第一，日子就不好過。所有體育界巨人都會一一老去，紀錄被人刷新，這是自然現象。另一方面，新秀出現，不等他們老就勝了他們，這是人事。我們看到傑出的人成績輝煌，會說他前無古人，這也許是不錯的；可是我們又喜歡說後無來者，這就不對了。來者永遠擋不了，有時很快到，有時遲些時。誰一旦成了冠軍，總不想放棄，而這個頭銜正是人人都要的。世界很大，能者很多。

自從工業革命開始，英國以海軍堅強，憑特許公司，如東印度公司，在海外經營，擴展貿易，連奴隸、鴉片也賣，帝國人口和領土幾佔全世界四分之一，成爲世界盟主，有帝國無落日的豪語。但是第二次大戰初期，法國投降，歐洲大部分遭希特勒佔領，英國已經瀕於滅亡，雖然幸而有美國拔刀相助，轉敗爲勝，大勢所趨，海外殖民地紛紛獨立，帝國也就祇限於三島了。世界盟主一位，不得不拱手讓給美國。

二次大戰初期，德國佔領了歐洲大部分，氣勢咄咄逼人，幾乎要控制全球。這個好夢沒有多久就做不成了，但在當時，又多像是實！

以經濟來說，倫敦掌握全球金融命脈，歷時甚久，可也早就讓給了紐約。二次大戰之後，西德、日本，還可以加上義大利，以戰敗國的身分，振興工業，都成了富國。戰勝國如英國，在北海石油沒有開採成功以前，竟窮得作孽。美國以世界第一債權國，今天淪爲世界第一債務國。入超數字增加驚人，資金外流，外資購買美國的房地產、工業，又紛紛在美國設廠，叫美國寢食難安。連香港、臺灣、南韓的產品都大量湧入，成爲威脅。如果加以限制，美國的消費人就祇得被迫購買昂貴的本國貨物。世界金融巨國遇到這種局面，眞是從前絕對想不到的。吾鄉諺語所云「十年河東，十年河西」，一點不錯。

我回顧過去六十年當中，所認識的人不少是某一方面的頂兒、尖兒，若干年後漸漸沉淪，或者一蹶不振。也有許多從來沒有人放在眼睛裏的可憐蟲，不知怎麼一來，有了成就，名聞遐邇。許多大厦失修傾圮，有的拆掉重建。（我約在四十年前到香港，當時辦公所在的大樓是全港最高最新的。二十多年後離港，這座樓已經拆掉，改建更高、更大的了。）幾年後回港，從機場到新界，走的路全是新建，從九龍望香港，無數高樓遮掩了往日島上的陸標，我全不認識了。這座城市現在成了僅次於紐約、倫敦的世界金融中心。

帝國大厦不能再增高，聖派屈克大教堂不能更擴大，而新的樓卻可以在四面八方造起來，越造越高大。人本來可以努力不懈，維持自己卓越的地位。不過也受自然法則的限制，衰老或者才盡。尤甚是演員，固然有少數演技精湛，寶刀不老，大多數肌肉鬆弛，也發了胖，精力衰減，動作遲鈍，很難動人。英俊秀美的男女變得臃腫醜陋。和往日相較，自己也要作嘔。美容術雖然可以剜肉塡窪，植髮拉皮，到底恢復不了昔日的風光。眼看不大會演戲的年輕男女搶盡他們的鏡頭。

我們當然也得承認，世上不會有第二座中國的長城。華盛頓的國家聖母無玷始胎聖殿費了美國全國之力，由天主教許多修會、機構共同造成，恐怕很難再造座更大的。（紐約有座新教的大教堂，規模宏大，幾十年沒有造好，因爲他們的財力不夠。）世上再不會有人去造金字塔。這些世界或某國的第一，會維持下去。從另一個角度來看，帝國大厦卽使不是世界最高的建築，也永遠聳立在紐約，俯視無數摩天樓，會有人花錢上去觀看全城的景色。聖派屈克大教堂構造精美，氣象莊嚴，仍然和初造好的時候一樣可以供人瞻仰，直到今天還是無數遊客要朝拜的聖地，可見東西祇要本身有價值，無論遇到甚麼變化，處多惡劣的環境，總可以站得住，也千古不朽，就怕是裝腔作勢，有名無實，祇能蒙蔽當時的人於一時罷了。

丁卯小暑前三日

附註：

世界七大奇觀，《辭海》裏可以查到。爲了省得有的讀者查書，我照譯《哥倫比亞百科全書》裏的這一條：埃及的金字塔，巴比倫的架空花園，哈利加納蘇的王陵，以弗所的月神廟，羅得島的阿波羅像，菲狄亞斯雕的宙斯像，亞歷山大里亞的燈塔或巴比倫的城牆。他們不知道中國的長城，太差勁了。

動物鑑

象性仁慈，遇到孤象，牠會照顧，會餵牠奶，把牠養大。鹿則不然，祇顧自己親生的小鹿。公獅會吃自己的兒女，這些小獅需要母親保護，把公獅趕走。獸裏面獸性有等級，並非一律。

以虎的威猛，每次出擊，總是潛伏，偷偷行動，一點風聲不透露出來，到了距離已近，然後風馳電掣，一蹤而出，往往成功。由這一點看來，用兵的大將眞該得到教訓。打仗要出奇制勝，一戰而屈服敵人。不管自己多強，敵人多弱，都要突襲。美國在越南，每次增兵，先要國會通過，遲遲派去，北越早已準備好了。美軍又不許出擊；祇有在被襲的時候還擊。這個仗怎麼打得贏？動物的智慧大可以供人學習。

以獅的威猛，襲擊野牛，必定成羣而出，一隻獅咬住牛的咽喉，別的獅再壓上去咬牠各處。這不是虎的作風。虎總是獨自出擊，成敗是一己的事。由這點看來，虎是英雄，獅還差很遠。狼、鬣、狗之類的小醜，力不足以殺牛，往往成羣圍攻，等牛抗拒得精疲力竭，再把牛咬死來吃。這種舉動叫人憎恨不平，想不到獅也這樣下流。畜生之中，同樣有品格的高下。品格高的，叫無品的人慚愧。《梅磵詩話》記元裕之赴試，在并州路上碰到捉雁的人，捉到一隻殺了。脫網的另一隻竟悲鳴不肯飛走，結果自己撞在地上死掉。元裕之把牠買來，葬了，還立了碑紀念牠。這個故事很感人，不知道世上賣友求榮的人聽了作何感想？

虎豹出擊，有時一無所獲，祇好失望而歸，弱獸之中，羚羊、麋鹿都是善走的。要等到老弱，走不快，才給食肉獸捉住喪生。野外弱肉強食是定律，沒有警察保護老病幼小。不過獰猛的巨獸並不能永遠稱雄，虎豹也會老病，到了那時，動作遲鈍，捉不到活食，祇有餓死。不但如此，胡狼之類的小食肉獸也會成羣來襲，把老病的猛獸咬死，慢慢吃掉。

整個原野就是戰場，禽獸忙的是吃。鷹隼不但吃兔子、吃魚，還能吃蛇；蛇吃兔子，也吃蛇；各種食肉獸吃斑馬、野牛、鹿。吃剩的還有專食腐敗死肉的禽獸來分享。誰給誰吃，幾乎有一定。就如有專吃螞蟻的食蟻獸，吃得又快又多。我們看看人類的社會，並不文明許多，不過吃的方式偶爾稍微不顯而已。強國侵略弱國，大商人吞噬小商人。甚至逼良爲娼的事，也有人做。我生平最恨蜘蛛，佈下羅網，祇等別的昆蟲觸來，把牠處死，再慢慢吃掉。

黑社會也有羅網，等人掉進，拿來當昆蟲享用。

獵豹走得快，時速九十六點五公里。雖然剽疾，膽子卻極小，往往獵到獸給遠不及牠大的野獸搶去。這種豹走起來還能跳躍，但是不及馬有長力。在印度已經絕種。人的社會上有一種強人，致命傷會很多，叫我想起獵豹。獵得的確多，有時祇有徒然拱手送給別人。羅馬尼亞的獨裁頭子西奧塞古一手囊括了一切，祇有古代暴君可比，可是給人民推翻，飲彈畢命，甚麼也不能再享。

許多昆蟲，配種之後就死了。現在不少的人爲了自己舒服，不生子，一個也不生。我覺得人類傳種是重大的義務，父母給我生命，我也要給下一代生命。爲下一代吃點苦是應該的（由子女得到好處，也不必客氣）。人總不能不如昆蟲。許多動物如鱷，對於初生鱷愛護備至，我看了電視鱷魚片集，感動非常。

尺寸大並不見得就中用。拿破崙並不魁梧。古代的許多大動物如恐龍，已經絕種。鷹這樣的猛禽也有絕種的危險。羅馬帝國、大英帝國，和別的帝國，都會衰亡。我們看動物的世界，看歷史，有很多現象叫我們深思。小小拿撒肋地方一個木匠的兒子赤手空拳，創下了宗教，二千年來無數的人信從他。他的教訓比百萬、千萬雄師還要有力量。

中國人對畜生似乎很殘忍。我家鄉的人常打狗，打得傷殘可憐。狗交尾也總給人澆冷熱水、痛打。當然還吃狗肉。這是人類最好的朋友。象最仁慈，也殺象取牙。西方人無毒的蛇都不殺害，捉到了就把牠放掉。我們要學他們。

到處有人情

那一天早上奇冷。在美國，所有的店舖都有暖氣，裏面的人祇穿單衫，最多披件毛衣。我去牙醫那裏，明明記得在市中心外一角一哩外的那座黑色大厦，附近全沒有別的高樓。可是這一天走了好久還看不見。就踏進一家賣鮮花的店裏去問路，一位中年婦女看了醫生的名片，叫我等一等。她請了另一位小姐出來。她指點了不少，看我還不十分清楚，就走出門外，指給我看說：「哪，就是那邊那座白色的大厦。」再告訴我怎樣走法。

「我記得大厦是黑色的，」我說。

「窗子才是黑色的呢，」她笑道，「房子是白的。」

她走出門外，要走一截路才能看到那座大厦，那天那麼冷，我的確怕凍壞了她。我趕緊重重謝了她，請她快些回去。我穿了皮裏子的外套在身上呢。

這時，我感覺到人情的溫暖。她有這樣好的心，幫一個年老的外國人的忙，絲毫不爲報酬。我白白受惠，她卻冒了嚴寒。

這是我前幾天的經歷，我先記下來。我不知道怎樣酬謝她。

更早些日子，賈亦棣兄由北卡的聖堂山來信，和我敍舊。他是戲劇專家，我們在香港一起相處過，後來他去了臺北。有將近二十年祇爲了一件事，通過一次信。這一回我接信如獲至寶，馬上打長途電話去。他來是爲看他的令嬡，要住到過完農曆年才走。電話接通，我竟然很感動，一時話都說不出來。原因很簡單，我料不到他還記得我。我現在退休多年，住在偏僻的北卡羅來納，友朋都天各一方，罕通音訊，渴念爲勞。白居易在潯陽江頭聽到商人婦彈琵琶，說「是夕始覺有遷謫意」，我和亦棣兄通話，聽到他親切的聲音，這時候才有「故人疏」之感。我們已經講好，要會一次面，這樣可以把別後的許多事問一問，心情談一談。我覺得他的掛念，是我的荒漠甘泉。

有幾件事我已經提過，不妨再提，雖然這樣做是顧炎武不贊成的。我爲了兒子要讀大學，向一位好友借錢，他親自送來，已經叫我不安，還說，「我的錢不等用，閒着也是閒着，你不必忙還。」我早說了，他祇要打個電話，喊我去拿，我已經很感激了。我當時眞感動。還有一位朋友借錢給我，是大大的一筆，不是小數目。他說，「等你孩子賺了錢再還。」不多久我還錢，還得想出話來解釋。我說，「你一定不要我現在就還。不過，我想到你喜歡幫很多人的忙，一定有人比我們更需要，所以請你收下來。」我常常想，祇要有一個這種朋友，即使遇到許多強盜，也沒有要抱怨的了。這種溫暖可以保持一千年，不會在冰雪裏凍壞。

我是個有福之人。五十年前，在中國銀行當小行員，一位長輩送我一本張鵬雲編的漢英字典。他知道我自修英文，他自己自修英文，沒有太下苦功，就鼓勵我努力。我沒有成就是一回事，他的情分，總叫我覺得溫暖。美國辛辛那提大學校長的夫人是我的前輩，把她讀大學文科的課本，英國浪漫主義時期五大詩家（伍滋伍斯、柯爾瑞基、拜倫、雪萊、濟慈）和美國早期詩人朗費羅詩人兼小說家愛倫・頗的全集都送了給我。還有別的人知道我喜歡某某作家而特別送我有關這位作家的書籍或其作品的，我都有文記述，不再詳說。我每看這種書都有雙重的快樂：書可讀，已經享福，友情重溫，又是一番欣喜。我以前一位亡友知道我喜歡酒，每次在餐館，他都叫一杯威士忌給我，我到現在總記得他。內子每笑我嘴饞，我總回她韓信不忘漂母給他吃的一頓飯。另有兩位朋友也是同樣厚待過我。一位每次必請我喝他的極品龍井。當時在香港據說此茶由大陸運來，在中國大陸祇有「毛主席」喝得到。此後我再也沒喝過那樣好的龍井，最近五兒花了六十多美元買了一斤，並不見佳。另一位我上他家，他必饗以阿華田加牛奶的飲料。情誼都可感之至。

我並非十分貪吃、貪喝，我感激的是那份情誼。

吃的方面，要感激的更多。特別我的三位遠房姑母，一位朋友的岳母，好像我在蠻夷之邦餓了多年回來，每次和她們在一桌，總把最好的菜搛滿我一碗，或放在我面前的盤子裏。我非吃完她們不會滿意。朋友的岳母已經是九十多歲的人瑞，她待我特別厚，有一次飯後我已經吃了一隻大蜜橘，她還覺得不夠，建議我和她分吃一隻，等到橘子剖開，她祇吃一兩片，其餘全歸我了。我知道她的用意，心裏感激萬分。她在百齡以後病在醫院裏，我去看過她幾次。最初她還有說有笑，最後一次，已經不認得是我了。我很難過。

我們的享受能力有限。就如我喜歡平劇，也學拉一點胡琴，亡友吳条顧兄把他多年收藏的劇本統統送給了我。我怎麼樣也學不了多少。另一亡友程京蓀兄也錄了許多名曲供我學習。我要是有空，又專心，可以大有成就。好友楊紹箕兄也錄了好些整齣的戲送我，我也沒有學好。想起了每每覺得慚愧。可是那一盒盒的錄音帶含多少友情啊！祇是京蓀唱曲前面的序語，我不忍卒聽而已。他在世的時候，我太忙，沒有下功夫苦學，現在退休在家唱和拉琴都稍有進境，他若是聽到，不知要多高興！說不定他在天之靈也在指點我呢。

我們在世上不知要碰到多少別人對我們的打擊，有時是極殘酷的，不過，不要記住那些事；要記的是溫情，無限的，無緣無故的，不費分文，不帶條件的，不計較我們是否配得的，不止一次，甚至隨時隨地的。在美國，雖然有人拿了手提機關槍，見人就射擊，這種事到底少；在我家附近你走出門外，會碰到人含笑和你說句話，問你好，卽使在市場上，不認識的人也會對你微笑，隨時替你出力，你還不滿意嗎？

粗暴與殷勤

我問您一個問題：您可曾研究過，那些人對您客氣，那些人對您無禮嗎？您可曾把各行各業的人列出一張表來，排好次序，給他們禮貌的分數？人可以分爲兩種：客氣的、不客氣的。

美國有位作家做過這件事。他舉出二十幾種人，從最殷勤的圖書館員九點五分降到對人最不客氣的汽車管理部門的公務員零點二分。您可有這樣一張單子？這位作家還附了一篇文章，裏面說，他是作家，在圖書館花過很多時間，發現即使不爲衣食，也喜歡常去，因爲那裏的人極好。我也有同感。美國圖書館的人都很和善，「要幫忙嗎？」他們很客氣地問，接着你就可以麻煩他們那一位好一陣子。我也眞喜歡去圖書館。

他所提的二十多種人和我接觸到的不大相同，所以我也不必全列出來。值得注意的是同一計程車司機，紐約的名列第二十，得三點八分，而別處的名列第八，得七分。旅館站櫃臺的名列第二，得九點一分，卻註明這是指紐約以外的；若在紐約，這種人名列第二十三，得二點五分。作者雖然說，人裏面有天性和善的，天性粗暴的，可是紐約的人對人不客氣是千眞萬確的了，儘管也有例外。

我雖然開不出一張我的單子，把各式人列出先後，科學而客觀地打分數，我倒有幾個原則，可以提出來供您參考。在我有記憶的六十多年當中，我碰到過無數的人，有的和善、有的兇惡，程度不同。對我最兇惡的是香港人口登記局的某中國官員，其次是郵局的職員。我在香港是納稅人，這些官員的薪水，我也出了錢的，他們竟可以對我口吐兇燄！說原則，第一條是閻王好見，小鬼難纏。我在香港二十多年，碰到的英國官員對我都有禮，獨有我的同胞官氣十足。別處無一不是如此。凡是有地位、有學問的人待人都不會太傲，而其手下往往十分可怕，要仗勢欺人。他們是眞掌權的，你如果不買他們的帳，他們會拿顏色給你看。甚至上司已經答應了的事，到了他們手上，他們也要和你爲難。我知道一位企業家，跟銀行往來，過年過節送禮，連小職員都有一份，他的事到了銀行辦起來最順利。

第二是人太忙脾氣就不大好。紐約或任何大都市的人都忙，所以那裏的人對人不大客氣（大城市裏壞人多當然也是原因。人存了防人的心就不太熱和了。）香港電車、公共汽車的售票員對乘客不和氣，怪不得他們。他們太忙，太受擠，在車上吃飯，十個有十個得胃病。

夏天太熱，待遇又差，要靠加班，才夠生活。要趕鐘點回站。恐怕聖人做這種工作脾氣也不會好。公立醫院三等病房的看護小姐也很忙，有時腳踩在病人拉的屎上，她們有權利對人不客氣。小城市裏，尤其是偏僻的地方的人比較清閒，對人自然親切些。友人從墨西哥回來，說那裏的人很友善，人也好，比美國城市裏的人可愛。另一友人在紐約開車迷路，找到加油站去問，那個波多黎各裔的人要他出一塊錢才肯告訴他。這是別處絕對沒有的事。

往下數是錢的問題。一般的情形凡是拿錢出來的就可以拿大；凡是收錢進口袋的總很客氣。你去公司買貨，店員大多數要敷衍你（祇有香港的店員不甚和氣，你多看幾樣東西不買，他就不耐煩了。眼睛裏的神氣是：「你買得起嗎？」或者竟說出來，也不怕你見怪。）清朝石成金寫的「笑得好」裏記一個笑話：有個軍人穿布衣布靴去遊和尚廟。和尚以爲他是平常人，不加禮貌。他就問和尚：「我看見你們廟裏很窮，若是要修造，你可以拿緣簿來，我好寫下布施的數目。」和尚非常高興，隨卽端上茶來，恭恭敬敬。等到軍人寫緣簿的當兒，頭一行才寫了「總督部院」四個大字，和尚以爲大官私下出來，嚇死了，就跪了下去。軍人接着寫「標下左營官兵」，和尚以爲他是小兵，臉就惱了，馬上站起身來。又見他寫了「喜施三十」，以爲是三十兩銀子，臉上又現出歡喜，重新跪下。等到軍人添寫「文錢」兩個字，看見錢少，又站起來了。又變得惱怒。

這是笑話，可也說盡了世情。俗說「錢能通神」，古今中外一律，另一方面，錢能買笑，一些不假。自古以來，小帳是流行各地的，有小帳，就有禮，服務週到，雖然這也是陋規，應該取締，無奈不高尚的人居大多數，要得點好處才肯效勞。

再其次是權勢。手上握了生殺大權的人總狠些。大學裏教師不給足分學生拿不到文憑，因此有些教授對學生很兇。可是有些教授要靠學生選他的課，他才站得下去，這一來他又要交好學生了。我不是老學界，不知道詳細；這兩種情形，我都親眼見過。美國學生有時覺得他是教授的衣食父母，因爲他出了很貴的學費，眼睛裏根本沒有教授。友人某君恨透一位教授，此人從來不肯解答他提出來的問題，恐怕在他要開的名單上扛榜。從前北平城裏的店員從不敢開罪任何顧客，因爲衣服穿得襤褸的人作興是一品官員，怠慢了處死都有分。所有客人上門，一律恭恭敬敬對待，以保頭顱。美國是民主國家，不能隨便殺人，可是有時得罪了顧客，後果也不堪設想。有人看不起一位氣派不大的顧客，這位顧客一怒就買下了這家公司。

有偉大人格的人給人好處不但不拿大，還十分謙遜。第二次大戰期間，有個士兵不認識盟軍統帥艾森豪，有一次碰到，要他替他點香菸。艾森豪照點了，他此舉有甚麼損失呢？圖書館員替人服務，並不拿小帳；他們知道來的人都爲了求知，這是件高尚的事，他幫忙，他也高尚了。教授照字面說是該教授的，這是他的本分。「這麼簡單的問題還拿來問我，你眞蠢！」是我朋友的某教授對他說的，這句話就暴露出他的人格來了。另一位朋友在日本問路，有人硬陪他走到他要去的地方，這種舉動眞太感人。所以金錢的有無，祇能用於一般的人。自有超人，愛人甚於愛己。

一位義大利的神父告訴我，他認識羅馬某樞機，那位神長說過，你有事要人幫忙，要找忙人。他的話我幾十年觀察下來，確有道理。事忙的人總是精神十足的。他們能對付很多事，再多做一點無所謂。所以也肯幫人的忙，對人也和氣。因此忙人不一定無禮。

撇開上面種種不提，人似乎有兩種，一種和氣，另一種不和氣。我朋友當中，有的人總對人親善，有的總像在生氣，好像你得罪了他。這兩種人本質上也許差不多，不是善類就是惡類。這就像食物，營養差不多，但是有的香甜，有的苦澀。我服務過的某公司主持人，脾氣壞透，手下的人罵他是魔鬼。這個人能力不錯，也算正派，性情卻像閻羅王，別人在他手下就得挨罵。而有的上司對下屬從不疾言厲色，做錯了事也看情形。這兩種人一種可以叫別人長期過痛苦日子，另一種叫別人長期平安。

丁卯桂月下浣於曉霧里

附記：

一定有人喜歡知道那位美國作家列出的是些什麼人，各種人得的分數。茲譯如下：

圖書館員：九・五
旅館站櫃臺的：九・一（註：不在紐約的）
理髮師：九
獸醫：八・八
教師：八・二
衣衫推銷員：七・五
驗光配鏡師：七・二
計程車司機：七（註：不在紐約的）
食品雜貨店收款員：七
男女侍者：六・六
飛機（上）服務員：六・六
看護：六・五
加油站服務員：六・二
乾洗店站櫃臺的：六

銀行職員：四・八

警員：五・五（譯者按：英國的警員極客氣。）

五金店職員：五・二

銀行貸款部職員：四・八

執行秘書：四・五

醫院接待員：四・二

計程車司機（紐約的）：三・八

體育場售票員：三・五

旅館站櫃臺的（紐約的）：二・五

旅館老闆或經理：三・二

法官：二・三

法警：二・二

列車乘務員：一・八

城市公共汽車司機：一・六

水電公司職員：〇・八

汽車管理部門公務員：〇・二

這位作家的名字是 Donald G. Smith。

必要時……

這是我們常說的話，「必要時我會請他幫忙。」「必要時他自然會打電話來。」「必要時通知大家注意。」等等。可是有一天我忽然想到有種人可以不顧一切，甚麼惡事都做得出來，看他幾時認爲有必要。這個必要時竟是十分可怕的一刻。還有就是在某種情形之下，不能兼顧，於是犧牲一切，也是必要時。這樣說，必要時就痛苦了。反過來，大忠大義在必要時也作出轟轟烈烈的事。想不到一句平常的話竟有這樣大的出入，甚至是無數人禍福發生的樞紐。

戰國時侯，趙國趙括打了敗仗，四十萬卒投降秦國，武安君認爲趙卒反覆，非殺盡不可，以防作亂，就用詐把他們全活埋了。這是他認爲必要做出來的事。中國史上後來挖了坑把投降的人活埋的事很多，都認爲必要做的。今天美國大公司遇到虧損，大裁職員，有時人數成千上萬，是資方認爲必要的。三國時曹操打仗，糧食不足，他跟管糧的人商量，「怎麼辦？」那個人說，「可以用小斛就夠了。」他說好。後來軍隊裏說，曹操欺大家，他就跟管糧的說，「我要借你的命來滿足大家，否則事情搞不好。」就殺了這個人，取他的頭題了字向衆宣示：「行小斛，盜官穀，斬之軍門」。他到了這個必要時，就顧不了公道不公道，人命不人命，殘忍不殘忍了。

耶穌當年傳道，和猶太人期望的救世主不符合，斥責僞善，叫人悔罪，不依傳統做人，如在安息日治病，和罪人共餐等等。所以長老和祭司動了殺機，要把他消滅。當時羅馬派去的總督彼拉多找不出耶穌有甚麼罪，想開脫他，而衆人堅定不肯。本來人命事大，他們一定要害掉耶穌，總是認爲必要的了。

中國史上無數的奸臣當道，把滿朝的忠正賢良全數掃除淨盡，也是如此。

唐初高祖的兒子當中，秦王世民是次子，天生是英主，文武全才。太子建成，沒有一樣可以及得上他。弟兄權力鬥爭難免。建成本來要毒死世民，請他吃飯，菜裏下毒，他吐血數升，沒有死掉。後來狀告到高祖面前，要殺秦王，高祖沒有答應，不過儘管秦王功高，高祖已經聽了讒言，一再表示對他不滿。雙方不但本人，手下的人也不肯干休，一定要他們殺掉對方。終於有了玄武門之變。秦王箭在絃上，不得不發，殺了哥哥建成，和跟建成結好的弟弟元吉。（事後連他們的兒子多人都殺了。）宋代歷史家司馬光批評唐高祖沒有文王之明，建成沒有泰伯之賢，太宗沒有子臧之節，所以出了亂子。太宗「爲羣下所迫。遂至喋血禁門，推刃同氣，貽譏千古，惜哉！」不過我們對唐太宗還是原諒的。最初高祖要立他爲太子，他堅辭。高祖手下的將佐也請求高祖立他，他也不肯。以後一直都不肯下手消滅他哥哥。這次事後，他跪在高祖面前，吮高祖的乳，號慟了很久。歷史上弟兄爭太子而下毒手的事不斷出現。到了這個時候，也顧不得手足的情分了。

大將爲了衞國，忠臣爲了進諫，必要時往往不顧生死，毅然向前。單單提明末宦豎弄權誤國，一而再，再而三，終於把國家亡掉。宦官劉瑾常常矯詔殺人，著名的理學名儒王陽明上疏，替獲罪的諫官戴銑等陳詞，觸怒劉瑾，矯詔打了他五十棍，死而復甦，貶謫貴州龍場驛丞。又派人在路上要殺掉他。王陽明曉得不免一死，乘夜僞裝投江，把冠履浮在水上，家裏人也戴孝，躲到武彝山裏，才逃出一命。儘管如此，仍舊有官員繼續上疏，戒皇帝逸游，遠讒。得罪劉瑾被害，有的自殺。我也不必一一細數，因爲宦官太多，一個接一個，而忠臣死的也太多，前仆後繼。進諫的人爲的是國家和人民，認爲有必要。

前幾年冬天美京華盛頓大風雪，一架飛機起飛的時候上升不夠力，撞在橋上，乘客落水。有架直昇機救人，救到一個男子，他看見另外一個女子還在水裏，叫救他的人先救那個女子。等直昇機回來，他已經在冰水裏淹死了。沒有人知道他是誰。這個死生之際間不容髮，眞是「必要時」了，他卻認爲救那個女子才算必要；他自己不要緊。這件事我已經提過，總在我心裏。人性的偉大，人格的崇高，這是極致。是甚麼心胸，才能這樣顧人不顧自己？

大陸饑荒最嚴重的那幾年，我的一位叔父，自己吃菜渣，省下菜給家裏人吃，結果噎死。據我所知，那幾年許多父母自己不吃，讓子女有食物果腹。這是他們認爲必要的，自己送掉性命也不計較。

有時候，某人認爲的必要，其實並不是。降卒是人，如果待以人道，並不一定作亂。不一定要用詐把他們全部活埋。曹操軍中缺糧，不該用小斛欺騙軍隊；事態嚴重，是他自己促成。不一定殺無辜的人來挽救局面。歷史上作戰，糧食吃光的事很多，如唐朝張巡守睢陽被圍，城裏鼠雀都吃光了，士兵沒有叛變。

美國最近正在審問前白宮助理諾斯，天天有新聞，他爲了執行前總統雷根援助尼加拉瓜游擊隊的政策，對國會說謊，銷毀文件，自己已經承認。不過說此舉是爲了防止尼國共黨得勢，危害美洲安全，也爲了保護總統，免得他受累。要遭彈劾。有沒有必要，陪審員決定。

所有惡事或義舉，殺人或成仁都是認爲必要才做出來的。這個必要多麼沒有標準！人的一舉一動固然有不同方向的必要；不作爲也一樣。譬如替人做事，別人不信任，或者沒有禮貌，這就要考慮退後了。

必要有股力量逼迫人。不過逼迫甲，不一定逼迫乙。明末李自成攻打各地，守城的有的投降、有的戰死，他們有不同的必要。多少惡人借「必要時」這句話作盡了惡；多少人到了這個時候做了可歌可泣的事，給萬世敬仰。一個人平時的爲人已經鑄成定型，那一刻都一樣；祇不過到了某個時候，遇到某種情況，表現出來罷了。

己巳伏月

不情願

冬天我每次洗冷水浴都怕，可是因爲祇要洗一次熱水，以後再也不能洗冷水了，我一定要繼續下去。不管水有多冷，我放了水龍頭，就往身上淋。當然我身上是熱的，水冷得我吃驚。可是等擦了肥皂，渾身擦過，再放冷水，也就不覺得甚麼了。末了洗乾淨，用乾毛巾把身上擦紅，穿上了衣服，就覺得渾身又舒服、又暖和了。儘管如此，到了下一次脫了衣服，站在浴缸裏，要放冷水，恐怕的心照常在那裏。放水，一驚……一切和上次一樣。

我已經七十三歲，仍然緩跑兩英哩。每次出大門從車道到附近的一條大道是一段略微向上的路線。我怕跑這一段路，跑到大道，已經呼吸急促，上氣不接下氣。說實話，我每次都怕跑。然後上了大路，有一段平坦，我的呼吸漸漸有了節奏，也不覺得太累了。以下有一長段向上的路，稍覺吃力，不過不久回頭，正好借這段恢復體力。等到由大路轉到回家最後一段，跑來就十分輕鬆。（我喜歡利用跑道，原因在它平坦。）

這是近年來兩件我不情願做、而逼自己一定要做的事。爲甚麼自己找苦吃，不享福呢？第一，愛中國的雷鳴遠神父要他的耀漢小兄弟會的會士天天洗冷水澡。我做這件事也是紀念他，他給自己一點紀律。我練跑得益不少，不能一一細說，能撐一天就撐一天，撐不下去再說。洗冷水浴如果受不了而染感冒，就祇有停止。練跑一大威脅是膝傷。我的右膝已經微痛，停了幾年沒跑。後來照病理按摩法按摩，膝痛消失，我又重新練跑，仍繼續按摩腳上有關的部位。如果膝痛又厲害起來，我祇有放棄。人到了某一天，一切都要放棄的。

* * *

我想起自己不情願做而勉強自己做的事很多。十七、八歲的時候，喜歡看書，祇要找得到的，都看。可是當時要自修英文，祇有不看閒書，逼自己讀枯燥無味的這個外文。我沒有自由，沒有權利，祇有勉強自己。想不到勉爲其難一開始就是終身。讀英文不多久就不全是眼淚和汗了，可是多少別的事又一件一件逼我去做，不管我情願不情願。我做過幾件自己萬萬不會做的事，如四十多歲第一次做英文刊物的編輯。我怕得要流汗，不過也勉爲其難，做了一段期間。我提過有一篇社論，寫了七次。我五十多歲初次學開汽車，每次開回家，都嚇得身上出汗，眞想下次再也不開。不多久，漸漸熟練，膽也大了。當然別的不情願做的事還有，也永遠不會完的。緩跑是五十歲才開始練的。到現在差不多二十四年了，祇有膝痛一段期間停了幾年。

我想到驢子上磨，牠情願嗎？一圈一圈往前轉，不計其數。有甚麼意義，驢不知道。我自尋苦吃，難道有多大意義，無非是「做一日和尚撞一日鐘」罷了。我想很多人勉強自己念完大學，做完學徒，寫完一本書，做了一輩子醫生、木匠、畫師……幸福的人一生用不着勉強自己，他念書省力，做學徒津津有味，寫書是消遣，做醫生、木匠、畫師都覺得趣味無窮，我替他們歡喜，不過恐怕他們是少數。祇要發見醫生到人家吃飯，席上忽然有人要請問他消化不良該吃甚麼藥，他多數是請發問的人第二天到他診所研究了再說，就知道，這個問題不該在那一刻發出了。

* * *

工作是工作，吃飯的時候不能工作。多少人喜歡早日退休，沒有別的，要重獲自由。一點沒有料到，退休是人生一大危機。強迫自己做不願意做的事情，日子好過；到了完全自由的時候，另有一種無聊，比甚麼都可怕。勉爲其難，有勉爲其難的報酬。這個報酬，要經歷了才知道。

除了洗冷水澡和緩跑，我自己久已放棄了不少勉爲其難的事。不過，這兩件事對自己的體格關係重大，不容自己偷懶。別的事祇好放鬆。今年我自修西班牙文，祇把發音弄清楚，要學會還不知要到那一天。本來應該每天都念，可是別的事得趕，祇有放下。最近譯了兩首西班牙文的詩，是諾貝爾獎新近得主墨西哥的帕斯所寫，本來已經有英文的譯文。我爲了照原詩押韻（英文沒有韻）參考了原文。我這一點西班文發音的知識居然有用。而且英文的譯文改了詞序，我參考原文，才解決了譯文的一個困難。假我餘年，我還要多學些別的外文。不過現在年紀大了，記憶力已經很差，要一再練習，才能記住一點。有一位語言學家說：「你會英文，就能說法文。」他也可以說，「你會英文，更能說德文，西班牙文。」因爲這四種文字，有好多字都差不多，等於學會了上海話，學起蘇州、寧波話來就容易了一樣。人在年輕的時候，如果逼自己做不情願做的事，可以學會很多東西，終身受用無窮。

我的少年沒有好好利用，悔之已晚，現在能補救的太少了。寫出所感，希望青年朋友努力。許多時候不情願的事也要逼自己做下去的。

不能互濟

前年夏天這裏奇熱，又乾燥，我想到北極的冰山。要是能移一座來，可以把熱消盡，溶化的水用來供人洗滌、澆花草，多麼好！世上的東西不能移的很多，冰山是其一。南方的熱也移不到北極，消除那裏的嚴寒。

有一年亡友程京蓀兄知道我會打太極拳，說由我教他，他就教我拉京胡。他是胡琴聖手，我那裏能學許多。我可以教他打拳，可惜他並不熱心，沒有學。不久他因心臟病去世，我多年來懷念他不能忘懷。他的伴奏總是最好的。我再也唱不到那麼舒服了，也再也學不到他的琴藝了。我確信他如果早打拳，心臟會好起來。不能互濟，叫人心憾。

香港、日本都人多地小，而新國家如美國、加拿大、澳大利亞，則地廣人稀。香港、日本非億萬鉅富，不能有庭園，而美國則中等人家都可以有塊空地，種花種草，當然香港、日本人可以移居美、加、澳，不過能移的人不多。另一方面香港中產之家就可以雇個女工，富有的人可以雇司機、廚房、各種女工，這在美國就是極大的奢侈。雙方的多餘和不足，換不來。

最容易交換、轉移的，莫過於錢了。富有的人可以擁無數億的財產，分給赤貧，可以使某一國全國的人個個都分到一筆。有史以來，沒有這種事。富的自富、貧的自貧。杜甫說，「朱門酒肉臭，路有凍死骨」，全世界，自古至今都這樣。糧食，有的地方吃不完，有的地方的人成百萬餓死。現代的救濟糧食，仍舊有很多人得不到。錢和糧食不大能轉移。

知識可以傳授，不能轉移。博學的人博學、無知的人無知，和貧富的人各別一樣。有人是有腳書櫥，活百科全書、活字典；有人不能填一張人口調查表，儘管現代人看重鈔票、銀行存款、股票，知識仍舊是權威、體面、力量。知識代表貴族，昂然不可侵犯。而無知和饑荒一樣，不容易根除。

體力也是移轉不了的。有人天生神力，有人手不能縛鷄。力大的人可以欺人，也可以幫人扛家具、搬行李。氣力不濟的總是不濟。幸而智力和體力不一定沆瀣一氣，智力高的體力不一定強；體力強的智力也不一定高。

上蒼對人似乎厚此薄彼，中東產油多的國家人民享盡了福，沒有捐稅，政府給他們無數的福利。有些窮國的人吃盡了苦，所得有限，有人聰明，事事佔便宜；有人很笨，學甚麼都難。

不過說到幸福，居於不利地位的人未必倒楣。這方面我現在不談。

爲甚麼張三高大，李四矮小？我們不知道。張三高得不舒服，老碰傷了頭；李四看戲，總給前排的人擋住。張三不能割下一尺來讓給李四；李四也加不上別人的一截，各人自己想辦法對付日常生活吧。

別的物產也分配不均。產地的某物，便宜得幾乎不值一文。橘子園的橘子往往任人吃個飽，不收錢；但是運到不產橘子的地方，隻隻值錢。沙漠的水草是寶，江南的湖泊多，江河縱橫，魚多米多……

二次大戰後，德國的壯丁戰死的多，國內女多男少。到德國的別國男子求偶很容易。一個男人而有幾個妻子的事也多。我不難想像，在男多於女的社會裏，娶妻大爲不易，最醜陋的女子都會有男人爭娶。男子要待在家裏看住；他一出外工作，太太也許會被人搶走。社會上這個問題嚴重。唯一辦法是從外國找女人入境，給她種種優待。有這麼多外國女人肯來嗎？

人有閒有忙，閒人幫不了忙人，忙人的事不一定肯交給閒人，往年我在某機構工作，同事某君大怨太忙，我比較空閒，向他建議分點工作給我，他並沒有反應。後來我知道他不願意別人代勞。我看世人，閒的太閒，忙的太忙，他們的情況不能改變。

極權的制度之下，人民沒有自由，美國的人自由似乎太多。憲法的保護，邪教可以傳揚，結果沒有頭腦的人受騙，金錢被誘獻出，倒也算了（所以教主可以買十幾輛勞斯萊斯汽車，富埒王侯），有的婦女信徒竟遭強奸，上千的人可以給逼着服毒死亡，包括兒童在內。德國在希特勒控制之下，人民受了管制太嚴，所以戰後對於一切集會，條例，一律深惡痛絕，如果早有自由，不會讓希特勒鑄成大錯。

世上除了北極的寒冷搬不到熱帶，熱帶的熱氣吹不到北極，其餘都可以互濟。農業發達國家的糧食怎麼不能運給饑餓的國家？智力、體力強的可以替低的服務，產品可以運到缺乏的地方，知識總可以傳授。商業已經做到不少了，我們還可以更加努力，增加物資的流通。說不定有一天建一條大管子，連寒帶的冷流，熱帶的暖流都可以貫通。到那時，人就有福了。

不同的敏感

學問本來應該是普天下一樣的，如兩條平行線無論怎樣延長，總不會碰頭，各國的書上都是這樣寫的。其實也有不同之處。姑且拿植物學來說，同一樣植物，中西注重的各點不完全一樣。如玫瑰，中國的解釋裏提到：「花及根入藥，有理氣、活血、收斂作用。」再看牡丹：「性微寒，味苦辛，功能涼血、清熱、散瘀，主治血熱、發斑、吐血、鼻衄、旁熱骨蒸、經閉癥瘕、瘡癰、腫痛等症……有解熱、鎮痛、抑菌、降壓作用。」

西文的生物學書上，這兩種植物都沒有提到藥用，雖然牡丹這條下面，有本書裏簡略提起中、日作藥用，根可防止抽搐，一句而已。

不消說，中國的植物學家，忘不了《本草綱目》這本古籍。這雖然是明朝李時珍的著作，但是他也有所本，梁《七錄》已舉出《神農本草》的書名，西元五〇〇年已經有陶弘景的《本草經集註》。以後歷代當然又有許多這方面的著作。我不是科學家，也不是史家，沒有考查西方人對植物的藥用研究，但是奇怪的是，《本草綱目》早有西方人注意，以西方格物之精，對於這方面竟一直疏忽到現在。中國人對於自然的研究似乎落後（其實不然，這話說來太長），而早就注意到了這些。

西方人稱中醫爲「草藥醫生」，不無道理，不過仔細查考起來，中醫所用藥材，方面頗廣，不僅是植物，還有動物、礦物，甚至萬物，這一扯又太遠了。我們家本有幾代中醫，到先父這一輩才斷。我的母舅是名中醫，起死回生的事多了，我可惜沒有錄下來。祇知道他說過，遇到瘡毒生在不能開刀的地方，如頭上、太陽穴等，他可以把它移到無關緊要的地方，如股，再動刀。有人認爲中醫不合科學，寧死在西醫手上也不請教中醫，這件事我祇有說不懂。這且不談，西方的生物學者大可研究本草，西醫也不妨參加，這裏面有學問，可以造福病人。我曾向友人生物學教授石家興建議，希望他介紹這方面給西方，得個諾貝爾獎。我一向喜歡說笑話，不過希望石兄得獎是一絲不帶詼諧的。

又西方的生物學重視動植物在全球的分布，講得詳細；中文的大多祇及於本國。這又是注意的輕重不同之處。

打開《中國人名大辭典》，裏面的人祇註明所屬的朝代，沒有生卒年分。舊版的《辭海》裏也是如此。而西方的人名辭典，第一項記載就是生卒之年。這又是中西注重不同的一點。這還是小節。講到倫理，中國人照顧老人，用心週到，是傳統的孝發揮出來的美德。西方人則照顧兒女，用的心多。另一方面，西方老人重自立，不願意給兒女負擔。友人某君的祖父一旦不能獨立，就自殺了。中國的二十四孝裏王祥要解衣去臥冰求鯉，以奉繼母；郭巨怕母親把食物分給兒孫，妻子生了兒子，他掘地要埋掉兒子。這種事在今天看來，嫌太過分。不過王、郭二人，自然是歷史上的偉人，不可不敬。我有位堂叔，確曾爲母病割股，他沒有得破傷風是運氣。我有子女，絕不要他們做這種事。西方人照顧孩子雖然有縱壞了的，不過多爲下一代設想，也好。中國有些兒童的童年太悲慘了。這又是各民族敏感不同的地方。

以往中國人對媳婦要求苛嚴，完全不當別人家女兒是人。對妻子也不知疼惜。西方人似乎明白得多。我常常奇怪儒家講許多大道理，而讓皇帝納無數後宮，終生守寡而死，沒有說話。男子要女子片面守貞，不但裹她們的腳，還鼓勵她們守望門寡。這種事孔、孟復生，也會大罵不仁的。西方尊重女子的權利，我們看了他們的文明，對自己這種痲木，能不羞愧嗎？

日本海軍軍官多在西洋受過教育，所以比日本陸軍軍官有眼光。現在交通發達，又有電視，不必出洋就可以看到外國的事事物物和風土人情。世界文化交流，可以取人之長，捨己所短。自己妄誕的地方，可以借別人的鏡子照出來，捂起耳朵、閉起眼睛，說自家的一切都好，不是辦法。

接納別人的長處要虛心。西方生物學家到現在沒有把中國人發見了千年以上的藥性包括進他們的植物學，是他們的大疏忽，也是沒有重視中國人的研究的結果。

語言有個現象，往日交通不便，凡是住在山地的人方言就特別難懂。而有江河流通的地方，雖然相隔千里，各處說的話都差不多。現在的人不但交通方便，而且學習外國語言也比以前的人多，比以前容易。我們再也不能推說不知道了。學術的貫通是起碼的一步，進一步倫理也一樣，天下就可以大同了。

遊倫敦記

這個經驗獨一無二——樣樣東西新奇，卻又早就熟悉了。讀者，您有過嗎？

五十多年前我就接觸到一批人名、街名，有時做夢也會碰到。可是半個世紀過去了，我一直到不了那些人的國家，腳踏不上那些街道。想不到前陣子我人在倫敦，走過泰晤士河邊，一再往來維多利亞車站，在特拉法加廣場散步，經過倫敦大橋，穿過匹克廸立大街，在不列顛博物館看各種古物，在它的圖書館裏看文人的手跡……一切都是第一次碰見，但是又都好像早就記在心裏。

英國雖然祇有三個小島，光是倫敦就大得驚人。我這次去祇能走馬看花，說不上暢遊。不過我覺得既然住若干年也看不盡，那麼短期也就夠了。有人在紐約住幾十年，也不一定去過哈德遜河畔文豪歐文的故居，所以我看到倫敦精華的一鱗半爪，也可以推想到其餘。

上了不列顛航空公司的飛機，你就覺得受的待遇有點不同。男侍應生每次問你喝甚麼，必稱「先生」。這是英國的禮貌。飛機上二等艙供看電影、葡萄酒、白蘭地，都不另收費，似乎很大方。美國飛機祇有頭等艙有這個待遇，二等艙就全要出錢了。

出了葛退克 Gatwick 機場，就看到田野的景色。機場路線複雜，出來不容易，友人去取車左查右看，倒像他們人在外國。英國的硬幣（連輔幣在一起）複雜萬分，大大小小，有九種之多，並不是小的幣值低，大的幣值高。我每次祇好掏出一大把來，請收錢的人自己撿取。常用五鎊的紙幣讓他們找。有一次給計程司機小帳，竟付了比車資還多的錢。因爲一鎊的硬幣比一辨士的大一些，和兩先令的一樣，厚一點而已。而英國自從採取十進制以來，物價上漲十多倍，和我在香港的時候比較，百物昂貴，連美國人也要嚇倒。

1. 漫步街頭

據友人說，我的運氣好極。他們多的是陰天，時常下雨，園子裏的花不用澆水，我去的當天和第二天竟是晴天，是「行路日」（這是他的話）。

我們乘火車從勃萊 Purley 到倫敦，走了好多路，一路上友人講解各處的歷史。我讀了五十多年英文，英國書居多，所以很多已經知道。我們先到了天主教的威士敏斯特主教大堂，後到英國國教的威士敏斯特（又譯西敏寺）大教堂。當然英國國教的教堂更闊氣些。這座教堂我早讀了美國文豪華盛頓歐文 Washington Irving（1783-1859）的遊記，裏面葬了十四位國王、五位皇后、著名政治家、名人，和最著名的詩人如喬叟、勃朗寧、但尼生，足供後世前來瞻仰頂禮。

我們去的那天正碰到空軍紀念日，皇室有人來做禮拜，空軍儀仗隊在教堂外面列隊，許多國家的外交官員前來參加。我們順便在門口看了一下。無數顯要佩滿勳章由教堂裏出來，還有婦女同行，諒必是眷屬了。英國和許多國家的軍人都佩勳章，表示他們立過軍功。這在普通人看來，並不知道底細，但是也叫人看了敬重他們，我覺得虛榮也有作用。有的軍人已經很老，步履艱難。他們是打了仗的。

這種古寺照片上更中看，人在裏面，印象並不十分稀奇。看了這兩座大教堂，我覺得美國紐約的聖派屈克大教堂很可以和它一比，似乎更整潔些。當天下午我們重又回來，到天主教的大堂望彌撒。裏面竟然滿座，一位白髮的神父主祭，氣氛肅穆莊嚴。

我們走過唐寧街十號首相官邸。這所舊厦電視上看得多了，他們不能拆了重建，也不該拆。想到近代英國在世界政治舞臺上所扮的角色，你便不能不相信這座小型的大厦有這麼重要。

在許多條著名的街道之間，有無數小巷，狹得出乎意料，也很短，不過行人就可以穿來插去，得到很大的便利了。這是別的大都市裏沒有的。

星期天街上到處是遊客，有本地人、有外國人。有一種遊覽的公共汽車，上層露天，供人觀賞，別處似乎沒有見過。我心裏猜疑，遊覽的人總有一點茫然吧。看看四周的景物也不錯，其實也沒有很特別的地方。乘車也好，步行也好。多少有點行禮如儀。既然來了，總要望一下。多望一點，少望一點，分別差不多。

2. 大英博物館

第三天，我獨自去大英博物館。這是值得大書特書的事情。卽使到英國祇看這所博物館，別的甚麼也沒有看，所有來去的辛苦，一切的花費，都得回了代價。

這裏面收藏之富、品物之精，幾乎是全球之冠，件件值得細細觀賞。該館建於一七五三年，不斷增添。我在美國也看了不少博物館，發現比起來，這次比在別處所見爲多。這不是金錢所能買齊的，也虧了無數有學識、有心的人歷兩百多年搜羅，才能有的成績。藏品從史前一直到現在，來源包括埃及、西亞洲、希臘、羅馬。亞洲包括波斯（伊朗）、印度、阿拉伯、巴比倫、敍利亞。

我對古物本來不很注意，但是這次看到的東西，一點沒有失望。七十萬年到七萬五千年前歐洲人赤陶土的人物已經很有可觀，至於古希臘石雕的人物、馬頭，更加精美；有時祇有一隻手、半個頭面，都看得出他們技藝的高明。希臘神話裏的人物，如日神阿波羅、力士赫克利斯，尤其栩栩如生。

有些古蹟，例如古希臘都城的衞城 Acropolis 他們就做了模型。雅典的那一座高約二百六十呎，長一千一百五十呎，橢圓平頂約五百呎濶，這是沒法運來的。還有巴臺農神殿 Parthenon 也做了模型。

古希臘、羅馬的銅器更加可觀。那時的陶器上還印了金花。羅馬的鎧甲十分壯觀。中國古代的我還沒見過，想必也很堅牢。二百五十萬年前到七十萬年前非洲人的石斧雖然簡陋，已經可以看出人類對付環境的成績了。

古物的美超過現代。我看到一把歐洲中古的提琴，琴身細雕了人物，現在誰也不選這種細工了。銀湯匙等等器皿，甚至箭矢、號角，無不美麗。船首用橡木雕刻。古鐘錶製造精美，到現在還能走。天文儀器、地球儀（當時不全可靠），沒有一件不是藝術品。槍是殺人的，也做得非常美觀，槍身嵌了象牙刻的花。中國的刺繡本來極美，現在出產的印花布粗陋，怎能比較？我看了古代的這些東西，有同樣感覺。

再看英國各王朝的遺物，更是富貴堂皇。銀器、磁器件頭極大，好像要盛整隻烤豬似的。也許宮殿很大，用的東西也得大吧。

最使人心驚肉跳的是埃及的木乃伊，英國人竟搬了那麼多具來。有的開了木箱陳列出來，乾了的肉還附在骨上，呈紅色，頭上還有頭髮，人縮成一團，也不知道是誰。這種不朽有甚麼益處呢？早與草木同朽還要好些。

我不是考古學家，弄不清時代，我籠統的印象是，古時候人的聰明已經了不起，已經造出極美麗的東西，後來就粗製濫造了。人已經很會享福，後來的進步也帶了毀滅和災害同來。大英博物館有幾十間收藏這些古物，有的極大，要佔好大地方。各件都有詳細說明，恐怕很少參觀的人是細細看了的。如果細看，非花多天不可。這是極值得上的課。

我不免想，沒有大英帝國的勢力，誰也蒐集不了這麼多古物。沒有那一批英國學者，有財有勢也不會蒐集。東西運來還要保管、安排、編製說明，建了大厦來陳列。美國富有，私人捐出藏品，也建了博物館。這種設備，長人見識，對公衆大有裨益，一國有這種設備，可以看到它的文明。今天的英國已經不能再有這種魄力了，因爲帝國已經限於三島。不過英國人以博物館爲榮，理由仍然十足。他們的確不凡。

3. 大英圖書館

大英圖書館比起博物館來，更能吸引我。

我對書法最喜歡研究，甚至還留心一點筆跡學 graphology 。這裏正陳列着許多作家、政治家的手跡，他們的生平我大半都已經熟悉，現在正可以考證一下了。

首先，我發現過去的人都寫一手好字。英國的書法和中國的一樣，以前講究，現在馬虎。一兩百年前的人都還寫得不錯，更早的寫得更好。英女王伊莉莎白一世（1533-1603）就寫一手工整有致的字。

作家的手稿最有意思。既表現文章的風格，也表示性格（所有的人寫的字都表示性格，下面會提到）。有人的草稿就是最後定稿，改一兩個字而已。有人改得多，寫《魯濱遜漂流記》的廸福 Daniel Defoe（1659?-1731）一頁稿上改了七、八行。寫《傲慢與偏見》的奧斯婷 Jane Austen（1775-1817）手稿上沒有多少改動。有的人寫字有怪癖。布朗爵士 Sir Thomas Browne（1605-82）是英國早期的散文家，他的字有腳的（如g, y）一直拖下去，可以穿過幾行。詩人頗普 Alexander Pope（1688-1744）的稿上有他畫的圖畫。

照筆跡學上講的，人的字行行向下傾是有始無終的，向上傾則好。拿這一條來看文人，大致都應驗。

十九世紀大詩人柯爾瑞基（1772-1834）跟家庭疏遠，跟人合作沒有結果，一生貧窮，身體不健康，有鴉片嗜好，屢屢改行（他辦了一份報，十期就停了，是出色的記者，通心理學、神學、哲學、玄學、社會學、醫學、戲劇等等），他字的行下傾。稍後的大詩人濟慈（1795-1821）得肺病早死，字的行也微微下傾；而立之年淹死的雪萊（1792-1822）的字秀而率意，也有些下傾；而大詩人華滋華斯（1770-1850）的卻是上傾的。他不但享高壽，生活寬裕，還做了桂冠詩人。現代著名經濟學家凱因斯的字行上傾。英國海軍名將納爾遜寫的字筆力遒勁、優美，可以看出這個人不凡，而字行卻下傾很厲害，結果戰死海上。伊莉莎白一世的字已經提到，她的字行上傾，統治不列顛幾達半個世紀（1558-1603）。她親筆下詔處死她心愛的埃賽克斯伯爵，心理的痛苦可想而知，但是詔書上的字寫得端端正正，每行都微向上傾。

克倫威爾（1599-1658）處死查理一世，身任「護國主」，是曹操一流的人物，寫的字散開而整齊有力，看得出才氣縱橫，不可一世。

散文家藍姆（1775-1834）文章講究，字也寫得中規中矩，工整有致，像他的文章。略微下傾。我們知道，他一生受了無數打擊，虧他呢——少年當學徒，二十一歲他姐姐發神經病，殺死他們的母親，此後他就負責照顧姐姐。戀一女伶，不能如願——所以字有些下傾，不能怪他。小說家狄更斯才高絕世，字跡潦草、散得很開，可見他思想快，趕緊寫出，不能求工。另一位同時代的小說家喬洛勃（1815–82）字寫得整齊好看，稿紙上改得不多。他本是郵局職員，卻能一板一眼寫許多小說，每周還有兩次打獵。史家吉本（1737–94）的《羅馬衰亡史》到現在都有人讀，文章講究，他的字工細，我完全不覺得意外。近代大詩人艾略特（1888–1965）開新詩的風氣，也寫評論文章，字寫得整齊清楚不俗。

還有很多作家的手稿，不能一一細述。大致書法和詩文有共通之處。可驚的是西方書法家的功力深，規矩謹嚴，各人的體裁、風格都自成一家。他們祇有二十六個字母，所以變化不多，但是整齊則可以做到百分之百，也可以露出筆力的雄健。中古時代無名的手稿書法都工整之至。就連現代書法家的字都寫得跟印刷出來的一樣。

亨利八世是英國史上出名的皇帝，弄得英國和羅馬教廷分裂，使無數英國人因信仰致命的就是他。他的字工而不整，他的行略成弧形，兩頭高，中低。

中國是書法藝術最發達的國家，名人尺牘眞跡留傳下來的很不少，民間的大都沒有好好保藏，多數因遭兵燹毀滅，可惜得很。將來要由國家博物館或圖書館集中保管就好。

許多名音樂家的樂譜手稿，我無法評論。

還有值得一記的，是書寫所用材料的展覽。中國古代用甲骨、木簡、竹、帛。印度古代用樹皮、棕葉。埃及古代用象牙、皮革。紀元前二世紀小亞細亞用羊皮紙。印度河谷用銅。緬甸在五、六世紀用過黃金。斯里蘭卡全部佛經用金片記載，時在紀元前八十八年。古代美索不達米亞和埃及、希臘、羅馬都用過牡蠣殼。埃及木乃伊身上常縛了亞麻布，布上有文字。他們回教時代用布寫婚約。中國在黃帝時代已有蠶絲，常常用來書寫文字。埃及用紙莎草造紙，時在紀元前三千年，中國的紙較遲，在紀元一〇五年漢武帝時代。這些材料圖書館裏都有，很可一看。

圖書館裏有很多古本《聖經》及各國經典，無不精美，多數是泥金本，圖畫美麗、字跡工整而有風格，每一頁都值得細看。這種美術再不會有了。古人爲寫一本書，肯花這樣多的工夫，而在寫字方面又肯下那麼大的苦功，叫人欽佩。現在有了機器，英文連排字都免了，甚麼書很快印出，封面的燙金，馬馬虎虎，很多索性不燙金。平裝本更粗製濫造。有字印出來就夠了。往日一本書就是一件藝術品。

四壁都是精裝的舊書，不能取下來細看爲恨。除了英文手稿以外，還有波斯的泥金本稿件，極爲精美。印度的古籍也一樣。日本的古書，包括佛經在內，全是漢字，書上的畫也是中國畫，沒有假名。中國則有甲骨，漢簡，上有乾隆的題跋，字寫得壞透了。希伯來、阿拉伯的古代手稿也是泥金本，還有圖畫，極爲美麗。

英國的博物館不收參觀費，祇籲請參觀的人自動輸捐，以資維持。我看見大鐵絲籃子裏全是美金鈔票。可見出錢的是美國遊客。但是也可以說來參觀的以美國人居多。威斯敏斯特大教堂也是勸捐，不收門票。無論如何，這種風度很好。自有連一鎊也出不起的人，他們總可以進來參觀了。

4. 國家美術館

我對博物館裏的古物本來不很想看，我愛看的是名畫。所以看了世界聞名的大英博物館之後，第二天就去看國家美術館。

這是我所看少數藏品最精的美術館，單是荷蘭大師林布蘭 Rembrandt Harmens Van Rijn,（1606-1669）的名畫就掛了不止一間大廳（荷蘭名家的畫共有九大廳陳列）。我一向認爲他的人像是古來第一，這次眞看夠了。

義大利早期的畫陳列了十二間廳；十六世紀義大利的畫陳列了五間、英國的五間、西班牙的兩間，一八〇〇年前法國的兩間，一八〇〇年以後法國的五間。另外還有別的，不必一一列出。現在一幅名畫動不動上五、六千萬，國家美術館藏的名畫算起來總值要上幾十億美元。我能匆匆一看，也覺得非常欣慰。這些畫多數是大幅，我們私人也沒有那麼大的牆壁懸掛，而且價值連城，也請不起警衛人員看守，室內的氣溫、溫度還要控制。所以不收藏和收藏一樣，能到美術館看一下就夠了。

祇有極精美的小幅風景人物，叫我看了生貪心。恨不得有一幅掛在自己壁上。不過想到好東西太多，貪心也消逝了。

各國的大師我看得不少，有無從提起之感。

西方的畫和中國的不同，他們畫水果，眞好像是可以吃，咬得出汁水來的。他們對光線的表現，像太陽或燈正從一邊照過來。他們畫的綢緞，好像摸上去十分光滑。他們畫的人可以從畫裏走出來，和你交談，你可以握畫中人的手，撫他們的背，捏他們的腳趾。而畫中人的神情，或莊嚴、或詼諧、或調皮、或狂怒，無不如見眞人。兒童的柔嫩、老年的皺縮、少女的秀美、壯士的雄偉，無一不表達完全。他們畫雲海的蒼茫，晨曦的燦爛；畫大海的怒濤、古道的斜陽，無不動人心魄。

法國畫家德拉克魯亞 Ferdinand Victor Eugène Delacroix（1798-1863）畫一個人一

手下垂，有血色，一手平放，無血色，合乎實情，可見他對人的觀察仔細，用心到甚麼程度。看畫的人不可放過。

西班牙畫家法拉斯凱斯 Diego Rodriguez de Silvay Velazquez（1599-1660）畫的人物手足好極，一幅耶穌受鞭後的神情，叫人有親眼看見之感。另一西班牙畫家蘇巴朗 Francisco de Zurbaran（1598-1663?）畫「聖方濟默想」，表達出聖人全神貫注在和天主晤對的情形。我不是畫家，看到這些大師的畫不免想到他們作畫運用想像力的本領，和寫作幾乎一樣，不過畫更難些罷了。我看了畫衷心佩服。

有的畫幅面濶大，人物衆多，房屋、樹木都費了畫家無限量的精神。時至今日，再沒有那位畫家肯花這樣多的精神了。這和中國畫一樣，宋元的畫還有極工細的，後來漸漸趨向簡略。整個文化活動似乎都有同一趨勢。你如果走進一所現代畫廊，一看就知道了。現代複雜的是電腦、飛機、太空飛行器械的構造，不是畫和別的藝術品。

5. 牛津巡禮

牛津大學是幾十年中我時常想到的教育機構。主要是我有很多本這所大學出版所的書。

這是世界聞名的古老大學。我既然到了倫敦一定要去看一看好像對自己才有交代。

本來劍橋似乎更美，因爲多條河。不過我因爲時間有限，祇得先看牛津。我這個人有個怪脾氣，以爲看甚麼都不必求全，看了牛津似乎就可以知道劍橋的大概了。與人相處，祇要看他所行所爲一兩件事，也可以知道其餘，不是嗎？

乘車離開倫敦市區，英國的郊野很可愛。田裏有我在美國很少看到的車。這個島上仍然有很多空地。到了牛津城車行很慢，已經看到許多簡樸的老住宅。下車以後，我問一位年老的人，好像是教授之流，牛津大學在那裏。他說到處都是大學。他叫我到前面書店買本地圖。

果然到處都是。祇可惜許多學院祇能在門口看看，裏面多數不讓外人參觀。有的圖書館也祇有會員才能進去。我一路漫步，祇進了童貞聖母教堂、一座玫瑰園。有一間課室開放，裏面放了幾張陳舊的座位，一點不顯眼。不過這裏這樣寧靜，有最有修養的教授、豐富的藏書，讀書是再好沒有的所在了。

我在香港的時候，久已和牛津的布辣克威爾（Blackwell）書店有過交易，這次特地去看了一下，因爲怕回程行李太重，決心不買書。

書店裏果然有許多好書，但是我極想買的袖珍本牛津大學出版所的世界文學名著，他們竟已然不出。改出的是紙封面大本。布辣克威爾舊書部門還陳列了上百本那種袖珍本，其中我祇揀了丟了的一本《英國散文選》，其餘有的我有，有的我用不著。我想這種袖珍本已經沒有人愛了，而且文學名著現在的人也不看，所以書店不出版，也不賣。現在是另外一個時代，我那個時代已經過去了。

儘管學院進不去，大街上逛逛也挺不錯。這總是個古城。街道不寬，卻有好些廣場。學院的大厦都很莊嚴古樸，祇有一座聖喀塞琳學院是鋼骨水泥的，即使稱做「新學院」New College 的樓也不新。我看了這些建築，覺得很舒服。街上很多人騎腳踏車，英國學生沒有很多像美國那樣非開汽車不可的。這裏的風氣似乎也極樸素。

英國無數的人才——政府官員、學者、作家——是牛津、劍橋教育出來的。這個地方這樣古色古香，絲毫不張揚，竟造就出這些人來，叫人深省。不過我想到中國宋、元、明、清的公私書院，又有甚麼雄偉的建築呢，不也造就了無數人才嗎？治學需要的是安靜的環境、充分的圖書、有學養的人指導。近代科學所需要的設備當然又當別論，那就要很多錢了。美國的財雄，一方面可以購置原子爐等昂貴的器材，又能出重金網羅著名的學者充任教授，所以能辦第一流的大學。

雖然如此，到牛津、劍橋留學仍然是美國人人羨慕的。

6. 天氣、口音、交通

英倫的天氣叫人難受。

雖然霧裏已經沒有毒氣，從早到晚都給霧鎖住，或者天氣陰沉，總不舒服。又時常下雨，不用澆花草固屬很好，人就不很愉快。好在英國這裏的人已經慣了。我想起北卡羅來納清爽的天氣來就有點思歸。

英國人並不人人手上帶雨傘。他們搭公共汽車，如果有雨，淋一些也不在乎。穿了雨衣的人頭上並不個個戴雨帽。

倫敦有個地名叫巴克萊廣場（Berkley square）和加州柏克萊的拼法相同。我的英國朋友到加州唸錯，給人改正，我這次在倫敦唸錯，給他改正。他提到了大家一笑。我幾十年極注意英文讀音，用英國字典，所以聽英女皇的口音最覺得容易懂。這次碰到《讀者文摘》英國版的副總編輯，她出身劍橋，說的英文就是女皇的那一種。

我這次承朋友招待，做他家客人。他在大學教書，他太太也教書，每天早上我獨自一人出外，行動自由，乘車到各處極為方便。如果再待下去，幾乎可以做別人的嚮導了。我早上從勃萊乘火車到倫敦，可買來回票，加一張「首都票」憑這張票當天可以在倫敦乘任何公共車輛，不須再買車票。

我每次問車、問路、英國人都殷勤相助，可見他們知禮、有人情。常常問到一人，也是遊客——遊客並沒有佩徽章——彼此一笑。我乘車到某站，車上的人都替我留心，「下一站就是××了。」

英國版《讀者文摘》的辦公處在銀行區中心，還有大汽車如勞斯萊斯的門市部，所以很有氣派。那所大厦原來是蒙巴頓勳爵住過的，裏面佈置優雅（紐約總社在郊外，風景絕佳，辦公室裏掛的是馬蒂斯那些一流畫家名畫眞蹟）。不過據朋友說，房東要加租，他們就要搬了。

我去找另一位朋友，連計程車司機也不知道那個地址。幸虧問到交通警察，他掏出一本地名簿，還是我看出了那個地名，他才找到。搭車到那裏仍舊問不到所在。後來問了女警，她又掏出地址簿，即使走到附近，還沒有人知道。幸有一人，就住在附近，才指給我方向。原來就在附近。

我自幼自修，總喜歡找尋，碰過無數釘子，終於找到。十九年前初到紐約，也是這樣到處問路找到朋友的——問了又問，走錯路再回頭。幾乎甚麼生地方都可以去。計程車司機而不知道路，可見倫敦之大。有一次我搭公共汽車，一位英國人勸我改乘地下火車。他說公共汽車要走上個鐘頭，地下火車五分鐘就到了。我依了他果然不錯。

這些地方英國人給我很好的印象。我記得在紐約有一次朋友問路，加油站一個小子要他出一塊錢才肯指點，把我的朋友氣壞。他並非吝嗇的人。

7. 國家肖像館

我去看「國家美術館」那天，路過「國家肖像館」。我本不想去看，但是飯後又經過，就順便看了一下。

這裏面居然大有可觀，因爲有些畫像，出於名家手筆，有些攝影也極有藝術價值，可以觀賞。該館和別處一樣，不售門票，然而英國明星的一間卻要收一鎊錢。我本來不想看明星照片，不過退出來似乎太小氣，心裏暗暗覺得可笑。

英國最偉大人物諸畫家畢額本畫的英國人一張也沒有，我有點失望。不過這也難怪，畢額本把人畫得太難堪了，雖然有趣，不足以揚國威。這是激發外國人尊敬英國人，英國人愛國情緒的，畢額本的畫這裏不能容納。

8. 東鱗西爪

我注意到英國有些英文和美國的不同。譬如沒有設交通指揮燈，而道路口的標誌叫開車人注意往來車輛的，美國用「停（車）」（Stop），英國用「讓路」（Give Way）。美國的地產公司稱爲 Real Estate，英國用 Estate。別的不同的字已經有很多人提了，不必我贅述。

倫敦的土音我聽到的極少。一次在大英圖書館聽一位館員，一次在不列顛航空公司聽一位職員說的口音欠佳，我有些奇怪。這和我在美國南方，一般人碰到生人都不說南方話，要說點北方話（紐約、麻州）或西部的（加州）話一樣。我們中國人也說普通話，不露家鄉的土音。

英國街上行駛的多是英國汽車，福特的車也是在英國製造的，日本車極罕見。現在美國人用的一半是日本車，這筆錢送給日本，爲數驚人。英國有錢的時髦人有開德國賓士或寶馬牌BMW的車，不過爲數極少，一、二十輛中一輛而已。美國大型車一輛也沒見過。計程車一律是英國車。倫敦用公共汽車的人多，雖然如此，私人的汽車仍舊太多，交通阻塞，問題日形嚴重。

倫敦的毒霧，過去一向出名，黃遵憲的〈倫敦大霧行〉早已有了紀錄。我不知道現在已經完全不同，曾由好友梁錫華糾正。這次身在倫敦，也碰到了霧，不過不是毒霧。據友人告訴我，以前他們燒煤，煤煙混在霧裏不散，有一天六千人喪生，都是有呼吸器官病的人。政府於是下令，改燒焦炭，從此沒有危險了。他說從前有一次大霧，人在外面看不見自己的腹部。他在路上兩百碼走了四個鐘頭，因爲根本甚麼方向也不知道，人像在膠袋裏。他們叫這種霧「豌豆湯」。

我們有士別三日，便當刮目相看的話。世上的事刻刻要跟着查究。許多事古今大不相同，我們還抱定舊有的見解，往往大錯。好萊塢電影裏的中國男人還打辮子、戴瓜皮帽，是可惡可恥的事。別的國家怎樣給他們歪曲，就可以推想得出了。許多成見都等着人澄清，恐怕也很難澄清。倫敦的霧是個好例子。

英國地名後的郵遞地區號碼標出方向，極爲有用。我們一看就知道某街在城的那一面。

如李恩國先生所住地名後標出 SW13GJN，就指出這裏在倫敦市西南第十三區，地圖上在 GJN 的交叉點，一看就可以找到。我這次拜望他，問了交通警，他掏出地圖，一下就找到那裏。

英國電視報告新聞，同時現出字幕。這樣聽不清的人也可以看清。這些都是值得別國倣效的。

大英帝國昔日的光輝已經不在了，很多人不喜歡英國的帝國主義。不過這個國家仍然存在，英語不但是美國的國語，已經成了世界通用的語言。加拿大的魁北克機場拒絕採用英語，結果各國飛機拒絕在魁北克降落。印度給英國統治，現在跟英國仍舊保持友好，英文成爲他們的官方語文。獨立後印度、巴基斯坦分治，印度教、回教對立，有過可怕的殘殺，死人無數，是英國統治的時候絕不會有的。非洲結束了白人殖民時代，本洲人互相殘殺，或者殺自己人，規模大得驚人。硬讓白人說「白種人的負擔」這句話。

到現在爲止，英國人在世界上還有發言的地位，這個民族不簡單，即使不喜歡他們的人，也沒法不佩服他們。這三個小島在全球作過威福，現在管自己的事，也管得不錯。我不知道他們的前途如何。不過他們不止一次眞在死裏求生過來。這是個聰明、堅韌、合乎人情的民族，會站穩的。

粽子的懷想

我時常奇怪，由別處移居美國的人總吃些故國的食物，如德國人吃鹽滷的鯡魚，義大利人吃他們的實心麵條，英國人吃小鬆糕等等。這些東西吃吃固然不錯，卻並沒有十分特別的地方。美國有各國的菜餚點心，儘可揀了來享用，未必不比家鄉的好。中國人更是吃不來外國食物，一定煮中國飯，燒中國菜吃。

當然，口味是主要緣故，還有個不太明顯，可是更有力量的因素是懷鄉病作祟。再沒有比食物和人的關係更密切了。你離開故國可以仍舊穿故國的衣服，着故國的鞋，不過要等吃到故國的菜，才更覺得回到故鄉，也更懷念故鄉。

我家移居北美已經將近二十寒暑，我們仍舊吃中國飯菜，雖然很多原料沒有了，沒有活魚、活蝦，也買不到五花肉做斬肉（就是外縣人所謂的獅子頭），更不用說鮮筍、蓬蒿。我們在中國店裏也買得到粽子，不過店裏買的實在吃不得——他們放了鹼或蘇打粉，把糯米和肉餡都弄得很爛，咬起來全沒有韌勁，味道也不好。我們偶爾自己包。糯米有時不好，至於餡，沒有金華或雲南的火腿，就差了。肉還不錯。也包紅豆的，最大的缺陷是箬葉不新鮮，煮出來沒有那股清香，不管怎樣想法，外國包的粽子總不像國內的。爲了箬葉難得，我們吃了粽子，洗淨箬葉，曬乾後收起來，下次用來再包。當然味道更差。

在外國，時常不記得中國節日。農曆除夕和新年過去了會不知道。中秋月亮圓了，後一兩天偶然望月會想起。清明、重陽總是忘記。端午節也很快過去。到了陰曆六月會想起端午，三年之中會吃一次粽子；時間既然已經過去，粽子也不全像。祇是對付着解解懷想而已。

內子梅醴還能包粽子，把瘦豬肉醃了，和糯米一起裹了來煮。我們的下一代就祇有吃買來的了。他們似乎並不大想吃。看來我們帶到美國來的一切會慢慢丟掉，變成了美國人。我的兒女還能讀中文，寫的中文別字增加，也不全是中文。他們的兒女如果能講幾句中國話已經不錯了，要想他們讀中國書是萬分艱難的事，除非專修。人離開故國，漸漸失去故國的生活習慣，變成所在地的人；少年人不覺得甚麼，稍微上了年紀的，總有些戀舊。我們每次吃那不十足像家鄉的粽子，就像又回到了故鄉，但同時也會想到身在異國，和所有的親友遠離，看不到故國萬里河山，沒有梧桐，沒有故鄉的地方戲可以欣賞，不能掃先人的墓，聽不到鄉音，等等的事情。這個享受引起淡淡的鄉愁。

圍爐憶舊

我十幾歲離開鎭江，到現在算起來快有六十年了。離開江西也有四十多年，這段長時期的除夕全不像故鄉的。說起圍爐，雖然簡單，連清寒人家都可以辦到。有一隻火盆，一堆木炭，就行了。可是說辦不到也眞辦不到。我在香港二十多年，從來沒有看到冰雪。有一年過年，暖得祇能穿單衣，還烤火爐？在美國二十年，家裏有暖氣，雖然冬天也下雪，究竟不能圍爐。人家的壁爐是點綴，偶爾也燒木柴，終究因爲有灰，也要人照料，所以燒的時候少極。第二是圍爐要有好些人，有說有笑才行。美國人家都看電視節目，而且各人喜歡的節目不同，往往一家有三兩座電視機，各看各的。所以卽使有好些人在家，像往年那樣大家聚在一起閒談的時候不常有。至於守夜，近來更少人做，最多打幾圈麻將，新年已經來了。

稍微上些年紀的人總喜歡緬懷往昔，感慨很多。不過也要往好裏想才對。故鄉的過年眞熱鬧好玩。可是別忘記那冬天的寒冷。我小時每年手腳都生凍瘡，在爐邊坐下一烘，就癢不可言。兩手搓個不停，腳也癢得要脫下棉鞋來用手去揉。講到吃、喝，都因爲平時生活太儉樸，多數吃素，所以年下才大吃。現在我們每天都吃鷄、吃魚肉，到了過年，也變不出花樣來了。卽使圍爐，也沒有很多新奇的珍饈。往年圍爐，總烘包子、饅頭，燒年糕吃，大人(我們的土語指成年人)可以喝點酒，無非是紹興、竹葉青、五加皮。我們家鄉還有一種花酒(千萬不要誤會，這不是狎妓喝的)，味道比較淡，我們用來煮菜、祭祖，兒童也可以喝一點。現在的人有種種糖果、蛋糕、點心、餠乾、炸好的麥片、薯片、黍片，味道極美，古時帝王未必吃得到。還有數不清種類的、不含酒精的飲料。平時享受太好，就沒有「年」了，往年圍爐那點奢侈已經算不得甚麼了。

我的母親看的小說很多，圍爐的時候，她可以講《兒女英雄傳》、《再生緣》、《紅樓夢》裏面的故事。我從小十三妹、安龍媒、孟麗君、林黛玉、薛寶釵、賈寶玉等等的人名，熟透了。還有二伯父大談牌經，他又會唱猥褻的小調，甚麼「紅姑娘，你若不嫌小生容貌醜……」等等。若是給別一位長輩聽見了，就要罵他，「二太爺，你把牙子(小孩)都教壞了！怎麼可以唱這些髒東西！」他照例不買帳，等一會沒有人，又唱了，其實我們那時，甚麼也不懂。

我們多數吃一頓豐富的年夜飯，到了圍爐的時候，大人喝茶，怕我們喝了茶睡不着，總給我喝蓮子、棗子湯。後來我似乎再也沒有喝過那麼甜美的湯，也沒有吃過那麼好吃的蓮子。美國買的多次是煮不爛的，所以也沒有味了。花生米、糖炒栗子在平時是最好吃的東西，到了年底，也吃膩了。這時候，我們會喜歡吃白果兒。西瓜子、葵花子、南瓜子，都是爐邊妙品，因爲這三樣東西吃不快、不飽人，可以慢慢吃，吃很久；一邊吃，一邊談。

我們兒童沒有多少話可說，祗有聽話和發問的分兒。時常夜深了，聽着、聽着就睡着了。第二天早上發現自己睡在床上，都不知道幾時進房的。我記得自己渴睡了，總不肯先去睡，捨不得離開客廳和那盆熊熊的爐火。可是孩子到底是孩子，容易睡着。等到三番五次掙扎醒來，末了就睡熟了。大人輕輕把我們一個一個抱回房裏，脫下衣服、鞋子，蓋好被，他們再去守歲。

在南昌，圍爐和在鎭江一樣，祗少了過年的歡愉，因爲有八年正在抗戰期間，家裏人也不在一起。在香港沒有嚴冬，在美國添了暖氣和電視。我回想舊日圍爐的奇情異趣，不免有輕微的悵惘。難道這也和少年時代一樣，逝去就不再來了？不要這樣想，現在可以喝到十五年陳蘇格蘭的名牌（Dimple）威士忌，當年哪裏有？

我們過很多年

我們不過年，卻過很多年。

是這樣的，在北卡羅來納，十多年前幾乎很少中國人。中國人過年最忙的是拜神、祭祖，一家人團聚大吃。我們奉了天主教，不拜神、祭祖，這裏沒有唐人街，沒有中國東西吃，也就不過年了。至於拜年，既然中國人少，即使漸漸有了朋友，大家也免了這個禮節。我們幾乎也不過節。月亮圓了想起中秋，偶然看見石榴想起端午，其餘的節就沒有提起的了。譬如說，風吹掉帽子的事少有，想不起重陽。

雖然不過年，碰到有個兒子或我自己到紐約，我夫妻到洛杉磯，總要到那裏的唐人街買許多吃的東西，如香菇、蝦米、蝦子、淡菜、海參、紅棗、桂圓、豆腐乾、年糕、粽子、皮蛋、冬筍、鹹魚鹹肉、海鮮醬、榨菜等等回家。有時孩子回香港，買得更多。這一來就過大年了。總要吃好幾天，真像從三十晚吃到人日。這樣說，一年之中就過好幾次年了。至少我們自己覺得如此。

我每想到中國人以吃爲重，就有些慚愧。但丁《神曲》地獄裏的第三輪，就是關老饕的，想來好可怕！中國吃的東西有些很特別，如熊掌、雀鳥，吃法又與衆不同，「炒」這個字要特別造個字 stirfry 才能譯成英文。不過我們中國人就是這樣重視吃的。比較天眞的別國人現在不知不覺，居然不讀但丁的詩；也受中國人引誘，日見貪吃起來，但見美國各大城市的唐人街餐館裏坐滿了各色人種，吃得津津有味，就可以知道了。

回想起在國內，都大過新年。我小時候從臘月起就忙吃了。輾糯米粉、炒炒米、醃大白菜、包糰子、餃子，做年糕、蜂糖糕，做風鷄、醃鹹魚、鹹肉，一家全體動員，一直忙到年底。這些在外國全辦不到。我們所謂過年，不過是在唐人街買現成的回來吃而已，滋味似乎淡些。

說起拜年，這是件苦事。好好假期不能消遣，卻滿街去跑，上一家家的門，街上人人穿了不自然的新衣服鞋子，一臉茫然的表情，還有些蠢。路上不時有人放爆竹，嚇得行人要死，衣服會燒破，皮膚灼傷，甚至瞎了眼睛！本來熱鬧的街，卻每家店舖關門，顯得異常。有的親友住在遠處，要乘車前往，到了過年，搭車更難。公共車輛的服務人員因爲過年還要工作，一肚子不願意，到了人家，匆匆作揖或對長輩磕頭，裏面嚷着「端元寶」，客人已經要赴另一家了。連說句「近來可曾打麻將？」的時間都沒有，就這樣忙到筋疲力盡回家。

現在到了美國，雖然寄聖誕賀片是件忙人的事，要辛苦兩三天，可是不用拜年，眞是一大解放。也許自家兒女會上門來拜年，所有親戚大都不在本地，有少數幾個朋友，也假入鄉隨俗的大名義，彼此省事，心照不宣。或者在華人聚居之地，大漢的文化未泯，還有人照舊行這個古禮，也未可知。在我們北卡，我們已經「夷化」了。

在國內，過了年三十晚就長了一歲。兒童很高興；壯年人也不會嘆自己一事無成；中國老年人似乎不怕老，越老越有面子。但是在美國，要等到下一個生日才許你加一歲，也許你的生日在十二月三十一日！不要說中國人虛報年齡，中國從在母親胎裏第一天算起，所以十個月後呱呱墮地就是一歲。過了年當然是兩歲。西方人要看見日光才算有他這個人，所以等過了十二個月才有一歲，他們太死板了。碰到過年而不加一歲，在海外的中國人心裏有點不自在，所以家家有本農曆的日曆，到了除夕一過，自動加一歲。有人六十六、七歲嚥了最後一口氣，訃聞上還要「積閏」（就是把一生碰到的「閏月」加起來），算是享年七十歲。若在美國，他可能祇活了六十四、五歲！做中國人自有討便宜的地方，提到中國年我每每想起這件事。

過年還有一件，就是燈燭輝煌。我們小時候，一到了晚上到處漆黑，室內點煤油燈也不會太亮。至於門外、街上，有路燈也祇有微光。很多地方要靠星月。可是到了過年，我們一定要買很多蠟燭，不但室內點得光明如晝，就連大街小巷，也有人提了燈籠走過，十分有趣溫暖。過年的燈燭是喜慶重要的因素，也是和平時不同的一點。我小時候最恨年一過，又昏暗了。

可是現在人家電燈總是亮的，遇到喜慶最多多開幾盞燈，沒有甚麼大分別。這一來過年過節就顯不出分別來了。天天過年，就沒有年了。紐約自由女神重修揭幕，那一晚放了五十萬美元的煙火，眞是盛況空前。我們平常人過年也能放煙火嗎？電燈給人光明，也毀了節日的歡愉。在美國，年是再也過不成的了。

外國的年怎麼樣？到了外國沒有中國菜吃，就吃外國菜，不過中國年，是不是過外國年？唉，一句話說完了，外國菜既不是中國菜，外國年也不是中國年。香港到了西曆除夕，停在港裏的兵艦在夜晚十二點鐘禮砲齊鳴，這就是英國人過寶貝的年了。第二天早上見面，祝一句「新年快樂」就完了，甚麼都沒有了。美國的除夕兒童放爆竹，點綴一下，也應了景。這也能算過年嗎？

他們熱鬧的是聖誕節，其次是復活節、感恩節。就當聖誕節是中國新年吧。實在說起來，基督徒慶祝這兩個節是和中國人過年不同的，不過這一扯又遠了。我們在美國，看到他們過聖誕節，會覺得略有些像中國的年，如此而已。我們過了聖誕節，也有年已經過了的感覺。這一來也忘了過年。所以我說我們不過年。

可以提的還有春聯。我在十來歲就寫春聯，算是把書法拿來實用的發軔。到了香港中文大學還給朋友寫過。到了美國書家再沒有用筆的地方了。照《荊楚歲時記》上說，正月初一是鷄日，要在門上畫鷄，這個風俗早已沒有了，否則我們還得跟齊白石、徐悲鴻學畫鷄呢。古人到了年初一還要喝椒柏酒、桃湯、屠蘇酒，吃膠牙餳、五辛盤、敷於散、卻鬼丸、一隻鷄。這些我小時候也沒有吃喝過。可想而知，古時候過年更熱鬧，到了我小時候，已經簡單得多。我這一代還在懷舊，到了過年過節，想起在國內的往事，不免惆悵；別處唐人街買了菜和糕點來，總意思意思，重溫過年的舊夢。到了我兒女的一代，過年的印象已經模糊。他們吃母親的中國菜，燉的桂圓、紅棗湯，大叫好吃，心裏連年也不大會想到。

世界上的事很奇怪，中國以往農村的人沒有娛樂，年底田裏沒有事就大殺豬羊，演草臺戲，舞龍燈獅子。這是他們一年當中唯一的假期。一般人平時都吃得很省，所以過年要大吃若干天。現代西方國家，天天吃牲口。至於戲，自從有了電視，家家人家有戲院，戲院的生意也淡了。既然如此，自然不必在過年的時候，大吃大玩，因爲平時就已經大吃大玩了。也許年已經不用再過了，因爲人天天過的是過年的生活。我們現在讀到《荊楚歲時記》有些神往，殊不知今天小康的人家，酒櫃裏放滿了美、德、法、葡的葡萄酒、英國的杜松子酒、蘇格蘭的威士忌、法國的白蘭地等等。冰箱裏更是鷄、鴨、豬、牛、羊肉都放滿，那時候的人有嗎？

花木小誌

我的生平起初五十多年之中，不知道世上還有花木。少年碰到抗戰，八年苦日子那裏有閒情種花？後來長期住在城裏，又那裏有樹木？香港友人某兄家在大厦樓上窗外搭了個架子，種了幾盆花草，我夫妻看了不勝羨慕。不過大約在二十年前來美，我們住的城市地方寬大，忽然有了院子。內子梅醴大種起花來。

她這個人不做一件事則已，做起來就認眞之極，而且也勤。不但前後院有不少花草，室內也種了非洲紫羅蘭。這種植物祇要取下一片葉子，泡在水裏，就會生根，不久種在土裏，就長出花來了。取了葉又可以泡。我們花極少的錢，過了些時，家裏桌上已經放滿了這種花。眞虧她盆盆澆水辛苦的。

我們在後園還種了竹。爲了怕竹繁殖得多，根會把房子撐倒，我們把它種在遠遠的地方。這所屋不久賣掉，換了大些的。賣掉的屋前後都種了花，玫瑰最多，草地在附近一帶最綠，還留下自己做的堆肥，用來施在種的番茄上，一個有一磅多重，吃不完，眞不捨得丟掉。

現在的宅子也住了上十年了，光是空地就有一英畝，小林裏連小樹算也有幾百株，還要再種些花木，我的工作就很不輕，灌溉歸我，因爲分散各處，所以要走不少路才能遍及。我們揀了幾塊地種不同的花草，還種了花樹。前面是一株玉蘭，兩株百日紅，兩株櫻花。後面種了垂柳、李子。園子裏現在的山茱萸有十幾株。除了門前建築公司替我們種的杜鵑花，我們在信箱下面種了女萎，這是多年生攀緣植物，夏初開每朶八瓣的白花。還有鬱金香、三色堇。另一處種了天竺、秋海棠、夜來香、牽牛花等等。

除了花樹稍微昂貴，許多花草並不費多錢。有些是荒地上挖來，我連名稱也弄不清楚。居然有很多美麗的花。叢林裏自生自長的金銀花有極清幽的芬芳。除了灌溉，幾乎沒有別的費用，我們可以安享花木的美和香。

女兒在廚房窗口下望得到的地方闢了一塊地種了許多花，最好的是牡丹，怪不得有百兩金的名稱，是天下第一。種在露天，花開的時候香氣可以瀰漫到幾十尺遠的地方，色彩鮮艷，形狀美觀。唯一可惜的是不像玫瑰開了又開，剪了又長。牡丹花開前後，不過十天上下。小圃裏還有玫瑰、菊花、薑花、繡球、百合、鷄冠花、鐵枝海棠等十幾種花。春天一到，陸續生出綠葉，一一先後開花，要熱鬧到秋末冬初，才呈凋謝的景象。女兒的意思是母親在廚房裏燒菜，可以一眼看去是花。

說起花草，學問很深，不是我們初種的人所能懂得。英國承平很久，從維多利亞時代起國勢興隆，人民教養高深，所以園藝高明。我是個粗心大意的人，志不在此。內子心細，常看電視的園藝節目，日久知道的相當淵博。她指揮，我做她的下手。

我們不會種樹，有些種得太靠近屋，等到枝條很快長長，要掃到瓦上，伸到牆和屋頂上才知道，祇得剪掉或鋸掉。所以種樹四周要多留地方。杜鵑花要曬太陽，但也不能太曬，所以不宜種在樹陰太濃或毫無遮攔的地方，鳳仙花則不宜曬。我們不該在信箱下種女萎（也叫鐵線蓮），因爲這種植物會把門牌號碼和姓名遮住，郵差送信不方便。還有有刺的植物不能種在和別家交界的地方，妨礙人家剪草或走路。我們這個地帶春天熱了會又冷，發了芽的茶花會凍死，不宜種這種花，已經有三株這樣損失了。

花草的顏色要配得好。山茱萸開紅白兩色花，最好紅白相間。我們林子裏的這種樹是天然生成的，祇有白色一種，紅的要買來補充。原來成林是大學問，也要花大錢。我們沒有財力重造。這個錢也花不盡，祇有馬虎些。

林花是一大美景，一種花總要開二十天上下，等謝了，另一種續開。然後是濃綠，站幾個月，秋深了，葉子變色，那才是大觀。除了灰白諸色俱陳，以赭、黃、紅爲主，比花還美。又站二、三十天，才紛紛下墜。掃葉是苦事，也是很好的運動，由我去辦。接着是寒林，另有一番景色。幾個冷月過去，天還下雪，枝上已經有微帶紫色的芽生出，一等天稍微溫和，嫩葉出現。再沒有林居更知道四時嬗替的了。

花有開得久的，如秋海棠，從春天一直開到第一次下霜，熱帶或亞熱帶地方四季開放。上面提到玫瑰、牡丹開花久暫不同。鬱金香花美而開不久。許多花，包括樹上的，都易謝，叫人不甘心。不過造物已經待人厚道了，人也不該太貪心。

花有又美又香的，如玫瑰、牡丹，有香而不美的，如茉莉，有美而不香的，如鬱金香、菊、劍蘭。牡丹花不能剪下來插進花瓶，因爲謝得太快。玫瑰花在瓶裏也可以站幾天。劍蘭可以插，雖然不香。梔枝花很香，雖不甚美，也還看得，是我們喜歡的。茉莉香味好，沒有多少可看。造物的奧妙叫人驚奇。要賦甚麼給誰，誰就有甚麼。美、香、久、暫，都不是人、物自己作得主的。不給，甚麼也沒有。

我們覺得不足的是沒有梅花、桂花、梧桐。菊花的品種也不多。我們沒有種蘭花。不過人也不可太貪心，現在的花木已經超過我們期望的很多了。

有一點不可不提。我們的四周鄰居全經之營之，佈置他們的花園、草地。單是一家沒有甚麼可觀，走出門外，或在附近散步，眞是家家有片葱綠的草地，佳樹林立，名花種種。你一眼看去，全是美景。有時一陣風吹來，淸香撲鼻。而寂無行人，由得你慢慢欣賞。春天山茱萸花開，更是滿城是花。

對有的植物要有耐性。我們種的山躑躅，八年後才開第一次花。同樣的植物有的會比別家遲開。我們有幾株杜鵑，在大家的都謝了兩個月後才開。一品紅（就是聖誕花）頂上的葉子要等快到復活節葉子才變紅色，本來該應節景的。我們的白百合不在復活節開花，要遲到仲夏。爲甚麼原因我還得查。

市上賣的羽葉棕櫚我們林子裏地上長滿。我們不移到室內，也沒有拿去賣錢。有貨要賣也很麻煩，除非很値錢。至於野草的花各色的都有，有的也香，大家從不重視。我覺得是花就美。我們在花木方面，好像很濶，其實並沒有花多錢。這個環境富足。

上面說了，我們的林子是天生的。種子落在地上，或者風吹了種子來，地上隨時會長出小樹。最可愛是柏樹，小小的一棵，不久就長高了，大了。別的樹鋸了，根部又會生出嫩枝。天然的樹林因爲樹太多，每株不容易長得濶大，往往細而高。要樹長得濶大，要把許多樹鋸掉，祇留愛重的。這件工作很不輕。鋸下的還要截短，運往別處。

美國的花木既然是公衆所好，自然有種種企業，應需要產生。首先是花店，出售種出的花草、小樹和各種種子。當然有種種肥料、工具，林林總總，數也數不清。你出門一看四周是名花芳草，也不知道各家費了多少精神。到了春天，左右前後都是剪草機在剪草的響聲。有種種書刊，教人種植。我們有一本《種植花卉指南大全》，列出五百多種花草，指示每種需要多少日光或樹蔭，澆多少水，開花在甚麼季節，用甚麼土壤等等，簡單明瞭。

我們的窗外，沒有一處不綠，即使在冬天，松柏也還是青的。我們幾乎幾年也不上一次戲院。這樣綠，人就懶得出去了。每天總要忙一下，到了冬天，才可以休息。我現在才知道農隙的滋味。偶然想起從前無花無樹的日子，那時多麼清閒！我們如果再搬，可會住進大城市，再不用剪草灌溉？我不知道。我祇知道，從前沒有花木，十分羨慕嫣紅馥郁，沒有絲毫希望可以親近。如今人在花木叢中，也不覺得怎樣神仙生活。剪下玫瑰，插在瓶子裏，久而不覺其香。這樣說來，別的福分想必是一樣的。

三民叢刊書目

1. 邁向已開發國家　孫　震著
2. 經濟發展啓示錄　于宗先著
3. 中國文學講話　王更生著
4. 紅樓夢新解　潘重規著
5. 紅樓夢新辨　潘重規著
6. 自由與權威　周陽山著
7. 勇往直前　石永貴著
8. 細微的一炷香　劉紹銘著
9. 文與情　琦　君著
10. 在我們的時代　周志文著
11. 中央社的故事（上）　周培敬著
12. 中央社的故事（下）　周培敬著
13. 梭羅與中國　陳長房著
14. 時代邊緣之聲　龔鵬程著
15. 紅學六十年　潘重規著
16. 解咒與立法　勞思光著
17. 對不起，借過一下　水　晶著
18. 解體分裂的年代　楊　渡著
19. 德國在那裏？（政治、經濟）　郭恆鈺・許琳菲等著
20. 德國在那裏？（文化、統一）　郭恆鈺・許琳菲等著
21. 浮生九四　蘇雪林著
22. 海天集　莊信正著
23. 日本式心靈　李永熾著
24. 臺灣文學風貌　李瑞騰著
25. 干儛集　黃翰荻著
26. 作家與作品　謝冰瑩著
27. 冰瑩書信　謝冰瑩著
28. 冰瑩遊記　謝冰瑩著
29. 冰瑩憶往　謝冰瑩著
30. 冰瑩懷舊　謝冰瑩著
31. 與世界文壇對話　鄭樹森著
32. 捉狂下的興嘆　南方朔著

三民叢刊33

猶記風吹水上鱗

余英時 著

本書以紀念錢賓四先生的文字爲主，賓四先生爲一代通儒，畢生著作無不以重發中華文化之幽光爲志。透過作者的描述，我們不僅能對賓四先生之志節與學術有深入的認識，並對民國以來學術史之發展有一概念。

三民叢刊34

形象與言語

李明明 著

藝術是以形象代替作者的言語，而在形象與言語之外，仍還有其他種種相關的問題。本書作者從藝術與時代、形式與風格、藝術與前衛、藝術與文化五個方面剖析西方現代藝術，使讀者能對藝術品本身及其相關論題有一完整的認識。

三民叢刊35

紅學論集

潘重規 著

本書爲「紅學論集」的第四本。作者向來主張《紅樓夢》一書爲發揚民族大義之書，數十年來與各方學者論辯，更堅定其主張。本書爲作者歷年來關於紅學討論文字的總結之作，也是精華之所在。

三民叢刊36

憂鬱與狂熱

孫瑋芒 著

輕狂的年少，懷憂的中年，從鄉下的眷村到大都會的臺北，從愛情到知識，作者以詩意的筆調，鋪陳豐饒的意象，表現生命進程中的憂鬱與狂熱。以純藝術表現出發，而兼及反應社會脈動，不但樹立了獨特的個人風格，也爲散文藝術開拓了新境界。

三民叢刊37

黃昏過客

沙究 著

「爲樸素心靈尋找一些普通相的句子」沙究在獲得時報短篇小說推薦獎時會對他的寫作有如是的感言，他的作品就是最好的實踐。本書將帶領您從浮生眾相中探索人類心靈的面貌。

三民叢刊38

帶詩蹺課去

徐望雲 著

我們都或多或少的讀過現代詩，但對現代詩的了解卻很少，於是許多譁眾取寵的文字便假借現代詩的名義出現，讓「詩人」成爲一種笑話。本書以輕鬆的筆調、嚴肅的心情，引導讀者更接近、更了解現代詩。

三民叢刊39

走出銅像國

龔鵬程 著

「有筆有書有肝膽，亦狂亦俠亦溫文」，身處時代之中的讀書人，傾聽時代之聲，即使漠然獨立，又豈眞無關切奮激之情？看龔鵬程如何以慷慨纏綿之筆，爲當今的社會文化現象把脈，提出處斷的良方。

三民叢刊40

伴我半世紀的那把琴

鄧昌國 著

本書爲作者歷年來對工作及生活的感懷之作。作者以深厚的音樂素養和經歷，娓娓細訴生命中的點點滴滴。一把琴，陪伴走過半世紀的歲月滄桑，樂音寄託壯志，也撫平了激越胸懷。

三民叢刊41

深層思考與思考深層

劉必榮　著

本書收錄作者過去三年多在中國時報所發表的社論、專欄，以及國際現場採訪報導。不僅是世紀末的歷史見證，也代表了臺灣新一代知識分子，對國際局勢的某種思考與詮釋。

三民叢刊42

瞬　間

周志文　著

在本書蒐集的短論中，作者以敏銳的觀察來分析這個急遽變化的世界，試圖找尋一些既存於人類心靈的永恒價值，這些價值並不因現象世界的崩解而全然消失，反而藉著不斷的試煉、考驗而更具體地存在。

三民叢刊43

兩岸迷宮遊戲

楊　渡　著

本書收錄作者對兩岸關係一系列的分析報導。作者以新聞記者敏銳的觀察力，探索臺灣命運與前途，並試圖帶領大家由「統獨」「兩岸關係」的迷宮中走出來。

三民叢刊44

德國問題與歐洲秩序

彭滂沱　著

近一世紀來，德國的興衰分合不僅影響了歐洲的政治秩序，也牽動了整個世局。本書以「德國問題」的本質爲經，以歐洲秩序的變化爲緯，探索一八七一年至一九九一年間德國與歐洲安全體系的關係。

三民叢刊45

文學關懷

李瑞騰 著

本書作者長期關懷文學的存在現象與發展趨向，十年來除學術性論述以外，更不時以短文形式直指文學現實。其所為文，或論本質、或析現象、或記實踐，上下古今，縱橫馳騁。作者筆意凝練，文風篤實，本書六十幾篇短文皆有可觀者。

三民叢刊46

未能忘情

劉紹銘 著

充實的人生，不必帶有什麼英雄色彩或建立什麼豐功偉績。如果我們遇到難以忘情的機緣時，能夠認識其滋潤生命的價值，人生就不會白活。本書作者即以此為觀點，記錄人生種種未能忘情的機緣巧遇，文字流暢而富感情，讀來著實令人著迷。

三民叢刊47

發展路上艱難多

孫 震 著

本書回顧了過去五、六年間臺灣經歷的經濟、政治、社會等種種變局。作者衷心期望臺灣在經濟發展、社會富有之後，能建立一個富而好禮的社會，而不是熱中私利、踐踏他人尊嚴的貪婪社會。

三民叢刊48

胡適叢論

周質平 著

本書是作者最近三年來有關胡適研究的論文集。文中以胡適為中心，對五四以來科學與民主思潮的內涵進行分析；對整理國故、民主與獨裁等論爭加以探討；並將胡適與馮友蘭、趙元任、魯迅做比較研究。期能為研究胡適的學者提供一些方便。

三民叢刊49

水與水神

王孝廉　著

從泰國北部的森林到雲貴高原的村落……從漢民族到少數民族，從神話傳說到民俗信仰……行萬里路固然是爲了好玩和興趣，也爲了保存民族文化的精髓。本書爲作者近年來關於中國民族和人文的文字總集，深情與關懷俱在其中，值得細細品嘗。

國立中央圖書館出版品預行編目資料

橡溪雜拾／思果著.--初版.--臺北市
：三民，民81
面；　公分.--(三民叢刊;53)
ISBN 957-14-1952-4 (平裝)

855　　81006104

著　者　思　果
發行人　劉振强
著作財產權人　三民書局股份有限公司
印刷所　三民書局股份有限公司
地址／臺北市重慶南路一段六十一號
郵撥／〇〇〇九九九八——五號
初　版　中華民國八十一年十二月
編　號　S 85232
基本定價　叁元叁角叁分
行政院新聞局登記證局版臺業字第〇二〇〇號

ISBN 957-14-1952-4 (平裝)